ハーレクイン文庫

秘めた愛

ペニー・ジョーダン

前田雅子 訳

HARLEQUIN BUNKO

UNSPOKEN DESIRE

by Penny Jordan

Published by Harlequin K.K., Tokyo, 2010

◆主要登場人物

レベッカ…………………………小学校教師。
ロバート…………………………レベッカの兄。
エルイザ…………………………ロバートの妻。
モード・エイスガース…………レベッカの大おば。
フレーザー・エイスガース……レベッカのいとこ。科学研究所所長。
ロリー・エイスガース…………フレーザーの弟。
リリアン…………………………ロリーの妻。
ヘレン……………………………ロリーとリリアンの娘。双子の姉。
ピーター…………………………ロリーとリリアンの息子。双子の弟。
ノートン夫人……………………エイスガース邸の家政婦。愛称ノーティ。
ケイト・サマーフィールド……レベッカのフラットメイト。

秘めた愛

1

「まあ、レベッカ……よかった！　なかなか電話に出てくれないので、ひょっとしたらお父さまたちやお兄さまに会いに、オーストラリアへ行ってしまったのではないかと思っていたところよ。お兄さまといえば、ロバートはお元気？　エイルザやお子さんたちは？　ずいぶん大きくなったでしょうね。いくつになるかしら。四つと二つじゃなくって？　もう……」

「モードおばさま」レベッカは受話器をあごの下にはさみ、きっぱりとした口調でさえぎった。採点中の作文に注意を集中しながら、大おばの回りくどいあいまいなおしゃべりに耳を傾けていた。

「そうそう……電話をしたのはぜひあなたの力を貸してもらいたかったからなの」

わたしの？　レベッカが顔をしかめたのは目の前にある生徒の作文のためばかりではない。その生徒は父親の金融会社を継ぐことになっているのに、十歳になってもまだ〝分割《インスト》払い《ールメント》〟という単語にlが二つあると思っているようなのだ。

「わ、た、しの、力を？」レベッカはかすかな皮肉をこめて、〝わたしの〟というところを強調した。電話の向こう側、つまり遠く隔たったカンブリア州では、大おばが言葉につまっている。どうやらレベッカの言おうとすることが通じたらしい。

「だってあなた以外に頼める人がいなかったんですもの」芝居がかった返事が聞こえてきた。まるで悲劇役者みたいな言いかた、とレベッカは少し後悔しながら思った。大おばは哀れっぽく言葉を続けた。「あなたのお母さまに連絡すればよかったんでしょうけれど、オーストラリアにいらっしゃることだし……」

ほんのわずかだが不満そうないらだちが感じられるのも無理はない。大おばのモード・エイスガースがどのような助けを求めているかはわからないにしても、レベッカよりははるかに頼みやすい心優しい母のほうに声をかけただろうということは十分想像できたからだ。

レベッカは大おばとの話よりも採点のほうに気を取られていた。学校の長い休みの間、教師は何もしないでいると思いこんでいる人に、この机の上を見てもらいたいものだ。学期末の作文ばかりか――これは彼女が教師を務める上流子弟のための私立小学校の生徒たちのものだが――きたるべき秋学期、冬学期に備えて作成中の仕事のスケジュールやプランなどが山のように積まれている。もっともレベッカは教師の仕事が好きだし、今まで、いやだと思ったことは一度もない。行儀がよく勉強熱心な生徒が集うロンドンの私立小学校、しかも設備が整い経営状態も良好の学校で、教師としての仕事ができるのはありがたいとも思っていた。

レベッカは仕事に気を取られていたので、大おばが何を話しているのかわからなくなった。いずれにしても、フレーザーの手にゆだねられているエイスガース邸にどんな悩みごとがあるというのだろう。

エイスガース邸は、レベッカのいとこのフレーザー・エイスガースが権力を握るフレーザー帝国ともいえる。レベッカは苦い経験で知っているが、そこでは失敗は何一つ許されず、彼の意に添わない干渉はすべて排斥されてしまう。てこでも動かぬがんこ者を主《あるじ》とする堅牢《けんろう》無比の館《やかた》。そうとわかっていながらレベッカはこの館が大好きで、かつては……。

「ね、わかってくれるでしょう。フレーザーは留守で、このわたしにまかされているのよ。ほんとにあなたのほかには助けを求める人がいなかったんですもの。こちらまでどれぐらいで来てもらえるのかわからないけれど、でも……」

来てもらえるですって？　モードおばさまったら頭がおかしくなったのではないかしら？　それとも、おかしいのはわたしのほうかしら？　もちろんフレーザーは、エイスガース家のものに指一本たりとも触れるな、とわたしに実際に禁じたわけではない。でも、彼はわたしにはいてもらいたくない、快く迎え入れるわけにはいかないと、かなりはっきり示したのだ。理由はわかっている。レベッカは心の中で悲しそうにそっと笑った。理由？　それは、昔、彼女が愚かにも、フレーザーを傷つけたくないと願ったからだ。そのためにレベッカは非難を受けて仲間はずれにされ、ユダ以上の悪者の気分を味わう結果となった。

いやよ。二度とあんな苦しい道を歩くことだけはしたくない。あれはもう過ぎたこと――遠い昔に。今のわたしの生活にはまったく関係ない。わたしの生活――充実して、好きな仕事もあり、共通の趣味や好みを持つ友人もいる。また、誘い出してくれたり、うれしい気持にさせてくれたりする、好意を示してくる男性もいる。彼らは、何よりも、冷たい灰色の目をわたしに向けたりはしない。あの灰色の目は氷の色だ。軽蔑《けいべつ》と敵意のこもった目はわたしを心底縮み上がらせた。

わたしは幸せだし、満足している。生活も豊かで充実している。くだらない空想にふけり、実現しなかった夢にこだわっている暇はない。二十六歳になり、分別もあり、調和もとれ、自立できる年齢なのだ。

けれどもそれは、忘れているのが一番いいことを、大おばが思い出させたときまでのことだ。ふと、レベッカは大おばの言ったあることが気になった。

「フレーザーがエイスガースにいないですって？　まさか、そんな！　ロリーとリリアンが子供たちを預けていったのに……」

「だから、そのことをお話ししようとしていたんじゃありませんか。確かにフレーザーはここにいましたよ。でも、急に仕事仲間の代わりにアメリカへ講演旅行に行かなければならなくなったの。フレーザーは研究所長ですもの、引き受けないわけにはいかないでしょう？　それで三カ月ほど留守になるの」

「三カ月も？」レベッカは度を失った。「あの子たちはどうなるの？」母の話によれば、フレーザーの姪《めい》と甥《おい》――つまり彼の弟ロリーの子供なのだが――は手に負えない腕白で、厳しく目を光らせていなければならないということだ。八歳になるその双子の無頓着《むとんちゃく》な父親は一度も子供たちをしつけたことがなく、母親は母親で、夫が香港《ホンコン》で新しい仕事に就けるよう、平気でわが子をフレーザーに押しつけていってしまった。

「あら、フレーザーは子供たちのためにちゃんと手を打っていきましたよ」大おばのモードはかばうように言った。だれからでも、フレーザーを悪く言われると必ずいやな顔をする。彼女はフレーザーとロリーの両親が飛行機事故で死亡したあと、フレーザーの依頼でエイスガース邸に移り住んだのだ。そのときフレーザーは十八歳で、弟のロリーはまだ十二歳だった。「世話係に娘さんをひとり雇ってくれたわ」

「それで、そのかたはどうしたの？」レベッカはそっけなく尋ねた。

「出ていってしまったわ。とてもあの子たちには責任を持てそうもないので、辞めさせてもらうと言って。子供たちのことを、しつけのなっていない腕白たちなんて言ったのよ」

エイスガース一族を侮辱されたと思って、エドワード七世時代の婦人を思わせる堂々とした胸を憤りに波打たせている大おばの姿が目に見えるようだ。レベッカもかつてはエイスガースという家名に威圧されたときがあった。ずっと昔、母親から祖先たちの往時の栄光を聞かされ、畏敬《いけい》の念を覚え、強い印象を受けた。

　エイスガース邸で過ごした休暇はそんな畏敬の念を払いのけるためには役立たなかった。そこにはレベッカより十歳年上のフレーザーがいたのだから。あの当時でさえ彼はハンサムな顔に厳しい、いや、いかめしいともいえる雰囲気を漂わせ、彼女とロリーとの仲を黙って見守っていた。フレーザーは彼女の生活や心の中へ容赦なく踏みこんでくる怖い顔をした神のような存在だった。

「でも、そのとおりじゃない?」レベッカは自分のばかげた弱みを心の中から追い出そうとしながら、皮肉っぽく言った。

　一瞬大おばは口をつぐんだが、すぐにしぶしぶ認めた。「確かに多少元気がよすぎるかもしれませんよ。でも、あの年齢では……」

「ききわけがないわね」レベッカは歯切れよくさえぎった。「ロリーがフレーザーに押しつけていった理由の一つは、あのフレーザー特有のしつけをしてもらいたかったからではないかしら。あの子たちに本当に必要なのは、あり余る元気とエネルギーを適切な方向に導いてくれるよい学校に通うことだわ」

「お兄さんと妹みたいに？」ケイトが言葉をさしはさんだ。

レベッカは正直に答えた。「そのとおりよ。どうしたのって尋ねてみると、ロリーは深い仲になっている女性がいるのをフレーザーに知られてしまって、相手はだれなのかと問いつめられていると言ったの」

「それで？」

「でも、ロリーは話したくなかった。だって、その相手というのは、まさかと思うでしょうけれど、フレーザーの恋人だったんですもの」

「まあ……で、どうなったの？」ケイトが再び先を促す。

レベッカはうんざりしたように肩をすくめた。「簡単な話よ。ロリーはわたしにこう頼んだの――深い仲になっている相手というのはわたしなのだとフレーザーに話してほしいって」彼女はかすかなため息をもらした。「浅はかだったと思うけれど、でも、フレーザーはミシェルを心から愛しているとか、彼女がぼくと深い間柄になっているのを兄さんが知ったらひどく傷つくとかロリーに言われて、わたし……」

「あなたは十八で、真剣な恋をしていた。愛する人を苦痛から救うためならどんなことでもしてあげたかった、というわけね」ケイトは皮肉たっぷりに言った。

レベッカは悲しそうに笑った。「そんなにはっきりわかるかしら？」

ケイトは首を振った。「だってつじつまが合うでしょう？　あなたはきっとフレーザーに熱を上げていたんだわ」

「確かにそうだったと思うわ」レベッカはそっけなく認めた。「でもそのあと、愛は急激に憎しみに変わってしまったの。あれは十代特有の熱病でしかなかったんでしょう」

「フレーザーは、あなたとロリーがただならぬ間柄だったと本気で信じてしまったというんじゃないでしょうね？」ケイトはちょっと驚いた様子で尋ねた。

レベッカはしかめ面をした。「でも、そうなの。信じたわ。そして、すごく怒って……ロリーの結婚生活を破壊するつもりかとわたしを責めたわ。ロリーの奥さんは身重の体なのにとか、考えられる限りの非難の言葉を並べたてて」

「フレーザーはあなたのお芝居だとは、考えもしなかったのかしら？」

「そうみたい」レベッカはぼんやりと答えた。「なぜ？」

ケイトは肩をすくめ、そっけなく言った。「別に。ただ、フレーザーってちょっとおめでたいんじゃないかと思って。まず第一に、自分が恋をしている相手が弟と深い関係に陥っているのに気づきもしないで、おまけに、自分を愛してくれている女性が弟と関係を持っていると思いこむなんて。少し鈍いんじゃない？」

レベッカはますます苦い顔になった。「あら、そんな人ではないわ。どちらかといえばとっても敏感な人よ。ときには敏感すぎるぐらい」

ケイトは何も言わなかったが、レベッカに向けられた表情がすべてを物語っていた。

「フレーザーはわたしを信じたいと思ったんだわ」レベッカはなぜフレーザーをかばうのか自分でもわからなかったが、弁護するように言った。相手はレベッカだとロリーが白状すると、彼は激しいののしりの言葉をわたしに浴びせた。そのことを思えば、フレーザーなど弁護する価値もないし、その必要もないというのに。

「つまり、彼は自分の恋人でなくてあなたがそそのかしてロリーと不倫の恋に陥ったと信じたかったっていうわけね」ケイトは容赦なくたたみかけた。「何が敏感なものですか。それこそ自分勝手なひどい人じゃないの。どうなったの？　彼とその恋人との間は」

レベッカは再び顔をしかめた。「おかしな話なんだけど、そのままうやむやになってしまって。少なくとも、それが家の者たちが抱いた印象なの。フレーザーにしてみれば女性にふられてしまったという事実は、プライドを守るためにも認めることができなかったのではないかしら」

「そうなの……それで、それ以来あなたたち二人はお互いによそよそしくしているの？」

レベッカは肩をすくめた。「フレーザーはわたしに、今後エイスガースには姿を見せるなといわんばかりだったわ。あの人の言葉や行為にはそんな印象を打ち消してくれるものは何一つなかったし」

「それなのに今、フレーザーの留守中、弟さんのだだっ子のめんどうを見にカンブリアへ来てほしいと言われている」ケイトが代わりに苦々しげに言った。「フレーザーがそれを知ったら何と言うかしら」

「行かないほうがいいと思う?」レベッカは心配そうにきいた。

「そんなことはないわ」ケイトはきっぱりと言った。そして、レベッカがほっとしたような晴れやかな顔になったのを見て、言い添えた。「行くべきじゃないかしら。真相を話すいい機会じゃないの。あなたの話では、その問題の女性とはもうどうということはないんでしょ。どうしてフレーザーに話さなかったのよ、レベッカ」

レベッカはケイトに背を向け、落ち着かない様子でデスクの上の書類をいじり回した。

「なぜって? 別に理由はないわ。フレーザーが最低のわたしを信じたいのなら、そうさせておけばいいんだわ」

「それは確かに格好な隠れみのだわね」ケイトはレベッカの色白の肌が隠しても隠しきれないほど赤くなってくるのを見ながら、遠回しに言った。絹のようにしなやかに肩にかかる金髪とうっすらピンク色に染まった肌はこのうえなく魅力的だ。

ケイトはレベッカに今まで何人の男性を紹介してきたかわからない。紹介された男性は、ひと目でレベッカの弱々しく心もとないデリケートな様子に夢中になったものだ。ケイトの知る限りでは、レベッカは一度だってそんな思いにこたえようともしなかった。なぜ男性にそれほど動じないでいられるのかよく不思議に思ったものだが、今、ようやくその答えが見つかった気がする。

「だめだわ」レベッカが、突然、絶望したように叫んだ。「あそこには行けないわ！」

「何を言うのよ」ケイトはなだめるように言った。「もちろん行けるわ、行くべきよ。おばさまにだって行くって言ったんじゃないの。がっかりさせてはいけないわ。レベッカ、何を怖がっているの？　そのフレーザーとやらが早めに帰ってきて、あなたが来ていることを知ったとしても、まさか力ずくで追い出したりするわけないでしょう？　わたしがあなただったら、むしろ彼に恩を売れる絶好の機会を楽しんでしまうけれど」

レベッカは絶望的なまなざしを友に向けた。ケイトはフレーザーを知らない。彼はだれに対しても、とりわけわたしに対しては、恩を感じたりすることを嫌うだろう。

「だって、もちろん、フレーザーはもうすでにあなたに借りがあるんでしょう？」ケイトはレベッカの心の動きを読んだように言った。「あなたは、フレーザーの心と彼の恋人を守るために、自らの名誉と感情を犠牲にしたんじゃないの。彼を怖がっているわけではないんでしょ、レベッカ？」

「もちろん、そんなことはないわ」レベッカはきっぱりと否定した。

「でしょう。それならおばさまとの約束を果たすのをさえぎるものは何もないわけね？」

一瞬、レベッカは言葉をつまらせたが、それからすぐに力なく認めた。「ええ。何もないわ」

2

フレーザーがどのような態度に出るかと気にやんでいるよりも、これから世話をすることになる、二人の子供をどうやってコントロールしていくかを考えるほうが、はるかに有益だ。レベッカはそんなことを考えながら、北への旅に備えて車に荷物を積んだ。

レベッカが受け持っている十歳のクラスの子供たちは概して頭がよく、しつけも行き届いている。だが、これまで聞いた限りでは、ロリーの子供たちは賢さは備えているにしても我慢ということを少しも知らず、だれかが何か言い聞かせようとしようものなら、ぷいと横を向いてしまうらしい。

両親が始終家を空けていたころの兄や自分の気持を思い返すと、レベッカには思い当たることがあった。双子の手に負えない言動は生まれつきの性格的なものではなく、両親の注意を引きたいからではないかしら。

大おばのモードは胸ばかりでなく、生活態度までエドワード七世時代風だ。レベッカは大おばのたっての願いにこたえ、午後のお茶の時間に間に合うようエイスガース邸に四時には到着すると約束した。

「お茶の時間ならあの子たちとの顔合わせには理想的でしょう?」と大おばから言われ、レベッカはふと子供のころを思い出した。

当時の大おばは子供の扱いがうまく、兄のロバートとレベッカを思いどおりに操っていた。その大おばがなぜ今、子供たちのめんどうを見るのに人の助けを求めるのだろう。でも、考えてみれば、レベッカたちが世話してもらったのは二十年ほど前の話。あのころ五十代だった大おばも七十を超え、疲れを知らない八歳のいたずらっ子に絶えず目を光らせていられなくなったのだろう。

エイスガース邸はカンブリアのかなり奥にあり、評判のレイク・ディストリクトからは相当遠い。ロリーが地の果てだと評したことも一度や二度ではなかった。

レベッカはロンドンで暮らし始めて六年以上になるが、ロリーのそんな意見には賛成できなかった。ロンドンにはエンジョイできる生活もあり、好きな仕事もあるけれど、それでも仮に自由に選べるとしたら、田舎風の暮らしを選ぶに違いない。

カンブリアも今では相当奥地まで自動車道路が整備されていて、予定していた所要時間を三十分も縮めてくれた。約束の時間まで少しあるので、レベッカはエイスガース邸の四、五キロ手前の細い田舎道で車をわきに寄せエンジンを切った。外に出てドアをロックする。この道はエイスガース邸といくつかの農場に続いている。

ここから五十メートルほど谷を下りたあたりは、幼いころから十代にかけて大好きだった場所の一つだ。谷間に川が流れている。川の一部がせき止められて小さな貯水池となっていて、そこからせきを越えて流れ出る川の水は驚くほど長い距離を谷のはるか先まで下り、そこからまたその下の谷間へと落ちていく。

樹木で覆われた谷間はじめじめしていた。長期予報では今年は快適な夏になるということだったけれど、これまでのところは少しもその気配がない。谷の急斜面を下りると、川が春の大雨で増水しているのが見えた。

下方の川縁《かわべり》で動くものがレベッカの注意を引いた。急いで目をこらすと、ジーンズ姿の二人の子供がエイスガース邸の方角に急いでいるのが見えた。レベッカは眉をひそめた。例の双子だ。二人とも髪が黒く、肌の浅黒いおじに似ているので、どこで会ってもだれであるかすぐにわかっただろう。ロリーの子供がフレーザーの色の黒さをあまりにもみごとに受け継いでいる現実を目の当たりにすると、遺伝の不思議さをつくづく感じる。ロリー自身は母親に似て金髪で青い目をしている。一方、フレーザーのほうは父親似で、黒い髪に灰色の目、彫りの深い顔立ちと、エイスガース一族の特徴を恐ろしいほど備えていた。

けれども、レベッカが眉を寄せたのは、双子がおじに似ていたからではない。二人の子供が、まだ八歳にしかならないというのに、いかにも自由に、意のままに野外を歩き回っているからだ。

今でもよく覚えているが、レベッカの子供時代、大おばのモードだけでなくフレーザーも、この人里離れた美しい谷間の散歩にはひどく厳しかった。せきのすぐそばに近寄っては危険だとか、貯水池は泳ごうと考えることさえ危ないのだと、耳にたこができるほど言い聞かせられたものだ。貯水池はたいそう深く、目には見えない危険な流れがあるとも言われた。

双子が近づいてくると、レベッカはなぜか本能的に、深く茂った木の陰に身をひそめた。子供たちが歩いている小道は彼女から二、三メートル離れているが、数メートル先で急に曲がってエイスガース邸に向かう。

二人がそばを通り過ぎるとき、ピーターが心配そうに姉に話しているのが聞こえた。

「ほんとにうまくいくと思う、ヘレン？　ほんとにそれで追い払える？」

レベッカは自分のことが二人の話題にのぼっているのだと知って、身をこわばらせた。しきりに顔をしかめるヘレン・エイスガースは、恐れを抱かせる子供たちのおじをそっくりそのまま小さくした感じだ。

「最初はだめかもね」と利口そうに認める。「でも、長くかかるわけじゃないわ」

「どうでもいいけど、どうしてモードおばさんはあんな人を呼んだのかなあ」ピーターが苦々しくつぶやいた。「学校の先生なんて！」

「すぐ追い出せるわよ」ヘレンは弟を慰めている。「何とか言ったってキャロルも追い出しちゃったじゃないの」

二人ともくすくす笑い、それからピーターが勝ち誇ったように言った。「それと、ジェーンもね。フレーザーおじさんったら、ジェーンがおじさんと結婚したがってるって話したら、すっごく怒ったね」

「かんかんだったわね」とヘレンはいかにも楽しそうに相づちを打った。

レベッカは立ち聞きしたひとことひとことにますます気が重くなった。わたしはいったい、これからどんな目にあわなければならないのだろう？　それに、なぜ子供たちはそんなことをするのかしら？

「ノーティが言ってるよ、もうすぐいとこのレベッカがぼくたちに行儀よくするように教えるって」とピーターが姉に注意した。

ヘレンはひるんだように言った。「レベッカ！　結婚式のとき一回会っただけで、それから会ったこともないじゃない。どうせあたしたちのために来るんじゃないわ。フレーザーのためよ。ノーティがね、フレーザーはこの辺では最高の結婚相手だって言ってるもの。もういいかげんに身を固めて自分の子供を持たなくちゃいけないって」

レベッカは腹が立ってきた。だが、引きつった手足がしびれてくるのを感じながらもその場にじっとしていた。

ノーティ、つまりノートン夫人はエイスガース家の家政婦で、フレーザーとロリーの両親が他界したのちもずっと同家に仕えてきた。彼女のことをレベッカは格別な愛慕の情を抱きながら思い出した。二人の子供たちはわたしがフレーザーのためだけにここに来たのだと思いこんでいるが、そんなことをノーティから感じ取ったのでなければよいが……。とにかく、そんな考えは間違っているとすぐにも言ってやらなければ！

もうわたしはシャイな十八歳ではない。フレーザーに対して昔抱いた気持はとうに消えてしまった。自然に薄らいだわけではないが、どのみち消えなければならないものだった。女の子はたいてい年上の男性に強くあこがれる時期をくぐり抜けてくるものだ。もっとも身内の者にあこがれたりするほど愚かな娘は少ないが。

あのころ、わたしはフレーザーのことを、全知全能で万物を見通すオリンポス山の住民のように思っていた。彼におさめることができない徳など一つもないようにさえ思えた。ロリーに助けを求められたときに快く応じてしまったなんて、何とばかだったのだろう。だれかの幸せのために自らを犠牲にすることを大いに喜ぶとは。だれかの……フレーザーのために。

彼が真実を見抜いてくれるのを期待していたなら、がっかりしていただろう。真実を見抜いてくれるだけでなく、わたしが犠牲を払ったことに対してほめちぎり、心から感謝するかもしれない、そう思っていたなら、落胆はもっとひどかったに違いない。実際は、何カ月も立ち直れないほどむごく手厳しいお説教を受けただけだった。

初めはショックのあまり無感覚になってしまい、惨めさも屈辱感も抱かなかったが、やがてショックがやわらぐにつれて、現実が見えてきた。レベッカはぼくの弟と深い仲に陥るという、罪深く非常識なまねをした――フレーザーからそう思われたことにやっと思い当たった。

真相を知ってもらいたいと一度は思ったにしても、今ではもうそんな気持はない。たとえフレーザーが真相を知ったとしても、事情が変わったかどうか疑問だ。彼は何に対しても不正を行うことを決して好まない人だった、とレベッカは悲痛な気持で思い出した。

双子は今、レベッカの前を通り過ぎていくところだ。見えなくなりかけたころにピーターの不安そうな声が聞こえてきた。「ガラスを見つけて、車をとめちゃうっていうのはどうかな?」レベッカはヘレンの答えを聞くと、突然のショックと憤りに心臓が引っくり返りそうになった。

「見えやしないわ、あたしたちがガラスを置いたところなんか」

「ぼくらがやったってわかっちゃうかな?」とピーターが尋ねている。「モードおばさんに言いつけると思う?」

「わかりっこないわ」ヘレンは弟を安心させた。「でも、あとになって、あたしたちが追い払おうとしているって気がついたら、そしたらあたしたちがガラスを置いたってわかるかも」

「だけど、今までの人たちとは違うよ」とピーターは姉に言った。「ぼくたちのいとこなんだから」

「パパのいとこよ」ヘレンはきっぱりと訂正した。「ずうっといたらどうなるかわかってるでしょ。あの人だってみんなとおんなじよ。フレーザーおじさんに夢中になっちゃうんだわ。でもね、もしおじさんがその気になって結婚して、子供ができたりしたら、あたしたちどうなるのかしら？」

それを聞いたとたん、レベッカは二人の言葉の裏に不安と寂しさを読み取った。同時に、ヘレンとピーターの悪だくみに聞き耳を立てている間に抱いた不信感や怒りはことごとく消え去った。本当に二人はどうなるのだろう。だれの話でも、ロリーとリリアンの結婚はうまくいっていない。今回、香港《ホンコン》の仕事にリリアンが同行する気になった第一の理由は——母からそっと聞かされた話によれば——とかく脱線しやすい夫に目を光らせている必要を感じたからだそうだ。

子供たちの同行は認められなかったので、保護者を探さなければならなかった。もちろん、フレーザーになってもらうのが自然だった。

レベッカも父が海外駐在の多い外交官だったことから、長期にわたって親と別居しなければならない子供を打ちのめす孤独感や心細さをよく知っている。よい教師になれたのも一つにはそれがある。寄宿生の不安や心の痛みが手に取るようにわかり、そんな生徒を思いやり、慰めるこつも心得ていた。けれども、レベッカとロバートは小さいころ両親とは長い間別居していたにもかかわらず、自分たちに対する親の愛情や気づかってくれる気持に一瞬でも疑いを持ったことはなかった。

ヘレンとピーターはそうはいかないらしいが、それもうなずける。結婚して数カ月後、子供を宿したと知ったリリアンがいやな顔をしたことは一族の者はだれもが知っている。

彼女が二十歳、ロリーは二十二歳のときだった。甘やかされ、わがままな若者同士が出来心で結婚し、親の責務など何一つ考えもしないうちに双子を身ごもってしまった。

ロリーはフレーザーと比べると常にまじめさに欠け、人生の楽しみを片端から味わいたがり、自己にはきわめて甘い。人生に求めるものが楽しみだけであるとすれば一緒にいておもしろい人だが、困難な苦しい時期に頼れるほどしっかりした人物ではない。

「フレーザーおじさんが結婚したら、新しく奥さんになる人はあたしたちがエイスガースの館《やかた》に住んでるのをいやがるんじゃないかしら。みんなそう言ってるし」ヘレンが弟に言っている。「あたしたち、寄舎学校に行くか、おじいちゃまとおばあちゃまのところに行って暮らすかしなくちゃいけないかもしれないわ」

「パパとママが帰ってきて、パパはこのイングランドで仕事するようになるんじゃないかな」ピーターが願うように言ったが、ヘレンは険しく顔をしかめながら弟の考えを制した。

「そんなことしないわ。去年のクリスマスにそのことでパパたちけんかしてたじゃないの。

あたしたちがいなかったら、ママは出ていくって言ったのよ。パパたちなんか帰ってこなくていいわ。どうせけんかばかりしているんだもの。あたしはフレーザーと一緒にここにいたいわ」

二人が遠ざかるにつれて、声も聞こえなくなった。レベッカは子供たちが哀れになり、胸がいっぱいになった。子供にはいかにたくさんのことが見え、聞こえ、感じているのかを大人は忘れている。彼女は双子が視界から消え、物音をたてても聞こえないところまで遠ざかったのを確認してから、車へ引き返した。

ここからエイスガース邸にいたる小道は、五十メートルほど先の急カーブを除けば、まっすぐだ。レベッカは念のため車を置いて、カーブに向かって歩いていった。予想どおり、カーブを回りきったところで、路上に鋭いガラスの破片が見えた。車でそこを通っていたなら、タイヤが完全にパンクするほどではないとしても、相当のダメージを受けていたに違いない。

あの年ごろの子供をよく知っているレベッカは、こうした計画がどんな結果を招くか子供たちにわかっていたとは思えなかった。不幸にして身近な人を亡くす苦痛を味わった者でなければ、死ということはあれぐらいの子供にとっては理解できない概念なのだ。

レベッカはガラスを拾い、注意深くハンカチに包んで車に持ち帰った。そして、目の前の問題にどう対処するのが一番よいか思案にくれた。

ロンドンへ帰ってしまいたいという気持は、今ではすっかり消えていた。あの子たちは、たとえ自分たちではそう認めないとしても、わたしの助けを必要としている。わたしなら、ずるく立ち回るあの子たちに目を光らせているだけでなく、二人が明らかに求めている愛情や安心感を与えてやることができると大おばは考えたのかもしれない。

レベッカはあれこれ考えをめぐらしながらエイスガース邸の門をくぐった。この館は、鉄道ブームで財をなすとすぐに妻と家族を伴ってカンブリアに引退したビクトリア時代のエイスガース家の人が建てたものだ。

三階建ての大きな四角い館は優雅というよりは頑丈な造りで、天井が見上げるほど高い。がっしりしたビクトリア時代の調度品が館に住んだ歴代のエイスガース家の人たちに受け継がれてきたので、部屋にはファッショナブルな豪華さではなく、どっしりと落ち着いた雰囲気が感じられる。

だれもがすぐにほっとした気分になれる家だ。少なくとも、それが幼いころのレベッカが常に抱いていた印象だ。

車をとめるために玄関の前を通り過ぎたとき、裏口が開いたままになっているのが見えた。エイスガース邸は人里離れたところにあるので、通りがかりの人を警戒する必要もない。

車を降りると、聞き覚えのあるスパニエル犬のかん高い鳴き声が聞こえてきた。

ソフィの一番の長所は、たぶん、きわめて愛想がよいということで、短所はこれまた度を越すほど大騒ぎすることだ。こともあろうに、フレーザーのように断固として何事にも厳しい人が、エイスガースの敷地内に迷いこんできたこの活発な子犬に住処《すみか》を与えたのは、たいへんな驚きだった。あれはレベッカが十八歳の誕生日を数週間後に控えたころのことで、ソフィを見つけて家に入れてやったのは彼女だった。

あのときは、フレーザーが研究所から帰ってくると、その犬をいさせてやってほしいと、ノーティと一緒になって頼みこんだ。当時、フレーザーは科学研究所――その研究所における仕事は常に大いなる秘密に包まれていたが――で非常に長い時間仕事に打ちこんでいた。彼がレベッカを安心させ、だれも引き取りに現れなければそのまま飼ってもよいと言ってくれたのは九時近くなってからだった。

ソフィは家に入れてもらって一日もしないうちに、だれが何と言おうとフレーザーになついて離れず、レベッカのではなく、彼の犬となった。それでも彼女のことは覚えていたようだ。彼女はかがみこんで、たれ下がった長い耳の後ろをかいてやった。

「まあ、レベッカ！　やっぱりあなただったのね」銀髪で血色のよい白い肌の、いつもラベンダー色かクリーム色、さもなければ黒い服を着ている大おばは、このカンブリアの花《か》崗《こう》岩の丘陵地帯にいるよりも、ボーンマスで優雅な暮らしをしているほうが、確かにずっとくつろいで見えるだろう。

　大おばは未亡人になってからしばらくはイングランド南部で暮らしていた。けれどもフレーザーから館の管理を引き受けてもらえないかとの申し出があると、早速それまでの生活に見切りをつけた。そして、それ以来ずっとエイスガースで生活している。

「四時十分前――おみごとよ！」大おばはほめるように言いながら、レベッカがそばに来るのを待った。「午後のお茶にはあなたが来ているとノートンさんに言っておきましたよ。子供たちは階上《うえ》で手と顔を洗っているところよ。何という世の中になったのでしょう。近ごろでは女の子も女の子らしいかわいいお洋服には目もくれず、ジーンズなんか着るようになってしまって……。そうそう」と大おばは続けた。「あの子たちに新しいお洋服を買ってあげなくては。困ったものね、フレーザーが雇った娘さんは辞めてしまうし」

「どうして辞めたの？」レベッカは静かに尋ねた。大おばは双子のたくらみをどの程度知っているのだろう。

　エイスガース邸の玄関口は広い方形で、床は寄せ木細工になっている。荘厳な彫刻を施した階段が三方にあり、玄関の後方はステンドグラスの大きな窓になっていて、館の初代の主《あるじ》に関するさまざまな光景が描かれている。

「よくある理由からではないかしら」とモードは鼻を鳴らして一瞬レベッカをびっくりさせたが、すぐに言葉を添えて説明した。「若い男性があまりにも少ないし、お休みの日や夜にすることもそれほどないでしょ。今の娘さんって、自分たちがどれほど幸せか自覚していないのね」と手厳しく続けた。「わたしたちの時代には、女の子は、自分が望もうと望むまいと、結婚するのが当然だと思われたものですよ。今のあなたたちみたいに自由はなかったわね。でも、あなたがあわてて結婚したりしないでいてくれてよかったわ」と満足そうに言い添えた。「いくつになったのかしら？　たしか、そろそろ三十ではなくて」

「まだ二十六よ」レベッカは実際の年齢より上に考えている大おばに対し、自分をかばうように訂正することにいらだちを覚えた。

「二十六……そうなの？　若いといってもとても分別のある年齢だわ。わたし、いつもそう思っているのよ」

レベッカは分別があると言われたいのかどうか、本当のところわからなかったが、それはあとで考えてみることにし、とりあえず大おばに従って居間に入っていった。

この部屋はいつも〝小さな居間〟と呼ばれているが、実際にはかなり大きい。南向きなので、日中は家の者に好んで使用されている。

黄色いダマスク織のカーテンは何年もの月日を経て色あせ、柔らかな感じのよい淡黄色になっていた。フレーザー、ロリー兄弟の母が昔から使用していた長椅子などを鮮やかなブルーに張り替えたのだが、それもやはり今ではよい感じに色あせている。壁には麦わら色のシルクのカーテンが下がり、寄せ木細工の床は色あせたブルーとゴールドのじゅうたんで覆われている。

暖炉の片側に大おばの刺繡《ししゅう》が刺しかけのまま置かれている。その見慣れた光景はレベッカに幼いころを思い出させた。当時、大おばのモードが仕上げた刺繡は一つも見たことがなかった。レベッカの鋭い目で見る限り、どうやらこの老婦人は、やりたくない仕事から逃れる口実として刺繡を利用しているようだ。

「ノートンさんがすぐにお茶を運んできてくれますからね。それはそうと、皆さんどうしていらっしゃるかしら……お父さまたちやロバートのご家族は？」

「とても元気にしているわ」レベッカは答えた。

「気の毒に、お父さまたちと一緒にオーストラリアに行かなかったなんて」大おばはそう言ってから口をすぼめた。「でもね、こんな事情では……」

ノートン夫人がお茶のワゴンを押して入ってきたので、大おばは口をつぐんだ。家政婦はレベッカを見ると相好を崩し、いとおしそうに抱きしめながら、元気にしているかと尋ねた。心温まる挨拶《あいさつ》を交わしてから、ノートン夫人はなぜ子供たちがなかなか下りてこないのか見に行ってくると言って立ち去った。

「それにしても、なぜお父さまたちと一緒に行かなかったの？」大おばはお茶をいれながら追及した。「ロンドンにどなたか特別なボーイフレンドでもいるのかしら？」

レベッカは用心深く間を置いてから、明るくまんざら嘘《うそ》ではないことを言った。「特別な男性なんかいないわ、おばさま。ときどきデートするぐらいのお友達なら何人かいるけれど」

「デートですって？」大おばは鼻を鳴らした。「何という言葉なんでしょう！　国語の先生であるあなたまでそんな言葉を使うなんて。その男のかたたちって、あなたのことを本気で考えているのかしら？　それとも……」

レベッカはこらえきれずに吹き出してしまった。「友達なのよ、おばさま。一緒にいて楽しいし」居間のドアが開き、双子が入ってきたので、彼女は言葉を切った。

二人は服装ばかりでなく、態度まで一変していた。これ以上感じよくふるまえないのではないかと思えるほどの迎えかたをしてくれる。それがうわべだけのものだと知っているレベッカは、二人を少しばかりこらしめてみようと思った。大おばが紹介をすませ、双子がミルクとビスケットをもらって神妙に腰を下ろすと、彼女はハンドバッグを開き、鼻をかむふりをしてハンカチを取り出した。

ガラスの破片が床に落ち、レベッカはさもびっくりしたように子供たちを見て、そっと二人の顔を観察した。ピーターは不安とやましさに顔色を変えている。一方、ヘレンのほうは顔色一つ変えず平然としていた。

「レベッカ、いったいそれは……」大おばが言いかけた。

レベッカはあわてて謝りながら床に身をかがめ、ガラスを拾った。「あら、すっかり忘れていたわ！　来る途中、近くの路上で見つけたの。幸い、景色を眺めようと思って車をとめていたからいいけど、もしとめていなかったら、気がつかないでこの上を通っていたでしょうね。どんな事故が起きたかわからないわ」

「ガラスですって？」モードはひどく顔をしかめている。「いったい、どうしてそんなものがそんなところにあったのかしら？」

ピーターは椅子に座ったまま落ち着かない様子でもじもじした。けれども、ヘレンはもっと冷酷にできているらしい。顔から血の気が引いていたが、それでもあくまでもじっと動かずにいる。

「観光客が落としていったんだと思うわ」レベッカは快活に言った。「何て軽率なんでしょう。自分たちのしたことがどんな危険を招くかわからなかったのかしら。車だけでなく、動物にとっても同じよ。ソフィにしても……」と容赦なく続ける。「きっとあの上を走って、足を切っていたでしょうね」ヘレンが喉を鳴らして、多少の良心のとがめを抑えているのがわかった。

「ほんとに不注意なこと！　あなたの言うようにたぶん観光客のしわざね。地元の人でそんなひどいことをする人などだれもいませんもの」と大おばが言った。

「そうね、わたしもそう思っていたわ」レベッカは穏やかに言ってから、双子をまっすぐに見て言い添えた。「ちょうどいいときにわたしが見つけてよかったわ」

「本当ですよ」と大おばは同意した。それから双子のほうを向くと、はっきりと告げた。

「レベッカが来てくれたのですから、もうこれからは二人とも乱暴に走り回ったりできませんよ。レベッカは学校の先生だし、あなたたち二人をどう扱うかちゃんとわかっているんですからね」

レベッカはがっかりした思いで大おばのお説教を聞いていた。厳格な教師とか、恐ろしい鬼みたいな人間としてこの子たちの前にさらされることだけはしたくないと思っていた。だが、子供たちに無理に気に入ってもらおうとしていると思われたくなかったので、口まで出かかった言葉を抑えた。その代わり、ちょうど思いついたことを静かに言った。

「おばさま、フレーザーは三カ月留守になるとおっしゃったわね。わたし、それほどは長くいられないと思うんです。余裕があるのはせいぜい二カ月半ですもの。新学期の準備を手伝うために、二週間早く仕事に戻ると約束しているんです」

レベッカは双子には目を向けずに話していたが、自分の言ったことを彼らがどう受け止めたか気になった。今の言葉で、フレーザーを奪い取られてしまうのではないかと心配していた二人を安心させることはできたかしら。

だが、安心感を与えられたどころか、ヘレンはひどく残忍な表情を浮かべてむっつりと言い始めた。「でも、フレーザーは……」

「ヘレン、フレーザーおじさんでしょ」大おばが強い口調でさえぎった。「まだほんの子供なのですから、大人を呼び捨てにしたりしてはいけませんよ。失礼じゃありませんか」

「だって、フレーザーがいいって言ったんですもの」とヘレンは強情に言い張ったが、大おばからいかにも冷たい目で、露骨にいやな顔をされただけだった。

レベッカは以前大おばにそんな目で見つめられたときの気持を思い出し、ヘレンをかわいそうに思った。けれども当の本人は子供のころのレベッカよりもはるかに強くできているらしく、自分に向けられている顔などあっさりと無視し、グラスと皿を置くなり無造作に立ち上がった。

「ピーターと外で遊んでくるわ」

大おばのモードは出ていく二人をむっつりしたまま見守っていたが、しばらくするとレベッカのほうを向いた。「あの子たちにはしつけが必要だということがこれでわかったでしょ、レベッカ？　ほとほと手を焼いているのよ。辛抱強く接してあげなければいけない、不幸せな家庭の事情を考えてあげなければ、とフレーザーは言うの。フレーザーはロリーの結婚については、まだ若すぎると言って、決して賛成しなかったのに。もっともロリーの結婚にはわたしも反対でしたけれど……。子供たちのことは、わたしだって、本当にかわいそうだと思いますよ。あの子たちの親はどちらも自分たちの子供に親らしい関心を持っていないようですもの。でもね、フレーザーはあまりにも甘やかしすぎるのではないかしら」

「それを改めていくのがわたしの役目なのね？」とレベッカは穏やかに尋ねた。

「改めるというほどではないわ」大おばはちらりと微笑を浮かべた。「甘やかすのもほどほどに、ということかしら。ほんの少々だけれど」

ため息をつきながら立ち上がった大おばは急に年を感じさせた。どこから見ても実際の年齢どおりに見える。

モードはレベッカの肩をそっとたたき、悲しそうに言った。「レベッカ、あなたはいつも優しい子だったわね。そんなあなたの優しさにつけこんだりしてはいけないと思うけれど、わたし、もうほんとにどうしたらいいかわからなくて。元気いっぱいの八つの子供を二人も見るなんて、今はとてもそんな体力もないし」

大おばの声にはあきらめばかりでなく、弱々しさも感じられた。レベッカは先ほど抱いた同情心がどんどん大きくなってくるのを感じていた。今回は双子に寄せる同情ではなく、大おばに対するものだ。

「できるだけやってみるわ」レベッカは約束した。「簡単にはいかないでしょうけれど」

3

確かに簡単にはいかなかった。レベッカがエイスガース邸に来てからちょうど一週間になるが、双子の信頼を得るという点に関しては一歩も前進していなかった。二人ともことごとくレベッカを避けている。この二日間レベッカが子供たちと顔を合わせたのは、食事のときと、夜になって二人を寝かしつけるノートン夫人を手伝ったときぐらいのものだ。

一度フレーザーから電話があった。何気なく受話器を取って彼の声を聞いたとたん、レベッカは驚きのあまり口もきけなくなり、黙ったまま受話器をノートン夫人に渡してしまった。大おばのモードが来て大甥《おおおい》と話すために家政婦から電話を取ったが、レベッカはなぜか部屋から出ていけなかった。まるで、目に見えない糸でフレーザーの声が聞こえる範囲内にきつく縛りつけられているみたいに。

「わたしも子供たちも元気ですよ」大おばが言う。

だが彼女は、家庭教師が辞めたこともレベッカが来ていることにもひとことも触れない。わたしがエイスガースにいると話さなければ、フレーザーをだますことになる。レベッカがそう気づいたときには、大おばは電話を切っていた。

「わたしのことをフレーザーに話してくださらなかったのね」レベッカはなじるように言った。

「あら、そうだったかしら?」大おばはお得意の何くわぬ顔を装って攻撃をかわそうとする。

「ええ、話してくださらなかったわ」レベッカは穏やかに繰り返した。

一瞬、大おばはいくらか良心のとがめを覚えたような顔をしたが、すぐに得意げに言った。「でも、フレーザーにはあなたがここに来ているとわかっているでしょう? ノートンさんの話では、電話に出たのはあなただったそうですから」

「でも……受話器はすぐにノートンさんにお渡ししたのよ」レベッカは気まずそうに言った。「だから、わたしはフレーザーとはひとことも口をきいていないの」

レベッカは唇をかんだ。こうなったら大おばにある程度説明しなければなるまい。フレーザーに無断でエイスガース邸に来てしまったので後ろめたいとか、わたしがここにいるのを彼は決して快く思わないだろうとか……。でもそんなことを言ったら、なぜそれほどフレーザーにいやがられるようになったのか、ときかれるに違いない。どうすればいいかしら?

けれども、ほっとしたことに、大おばはレベッカの腕を優しくたたきながら穏やかに話しかけ、重荷を取り除いてくれた。「いいこと、レベッカ、あなたはわたしがどうしてもとお願いしたからこそ、手伝いに来てくれたのではありませんか。あとになってからそのことでフレーザーがだれかをとがめたりしたら、残念ながらわたしは自分の大甥を見損なっていたんだわ。あの子たちの両親とフレーザーが留守の間は、わたしが二人の責任を負わなければならないんですもの。あなたならわかってくれると思うけれど、わたしは年を取りすぎているので、とてもあの子たちにいつも目を光らせてはいられないのよ」

そのとおりだとレベッカも認めないわけにはいかなかった。ヘレンとピーターは大おばを多少は恐れているにしても、巧みに目を盗んで、見えないところへ逃げ出す。二人は、レベッカが覚えている同年齢のときよりもはるかに自由にしている。

ノートン夫人が、〝あの子たちには本当に手を焼きますよ、特にヘレンお嬢さまには〟とこぼしたのも一度や二度ではなかった。悪事をくわだてるのはヘレンで、彼女のほうが大胆だ。

「寄宿舎のあるいい学校に入れたらどうなのかしら」レベッカはそれとなく慎重に言ってみたが、大おばはきっぱりと首を振った。

「わたしだってそう思わなかったわけではなくってよ。でも、フレーザーは耳を貸そうともしないんですもの。子供には家庭の安らぎが必要だと言って」

「でもわたしたちはみんな寄宿学校に行ったのよ」レベッカは反論した。

「わかっていますよ。ただ、あなたたちはここにいるあの子たちに比べたら、何の心配もなかったし、安定した家庭が心の支えになっていたってフレーザーは言い張るの」

確かにそのとおりだわ。でも、二人をエイスガースに住まわせておきたがるフレーザーの言い分は理解できても、その責任の一部を負うためにおめおめとここまで来てしまった自分が悔やまれる。

「心配しないでちょうだい」大おばはレベッカを慰めた。「今はたいへんなことに思えるでしょうけれど、わたしはあなたの能力を高く買っていますよ。あなたなら、生活には多少の秩序が必要なのだと、あの子たちにちゃんとわからせてやれますとも」

大おばは信頼してくれるけれど、わたしは自分をそれほど信用できない。電話でフレーザーの声を聞いただけで、あんなに動転したくらいだもの……。彼の声を聞いて、すでに葬ったと思っていた過去がよみがえってしまった。

初めてフレーザーに恋をしたのは十五のときだった。夢見る瞳をしていたあのころ、彼に対する感情は異性として意識するというよりは、もっと純粋で理性的なものだった。

自分好みのさまざまな架空の英雄像にフレーザーをダブらせ、休日には彼のあとを追い、遠くから思いを寄せるだけで満足し、夢心地で過ごしたものだ。十六になると、それまでの感情はもっとはっきりとし、はるかに苦しいものとなった。大人になりかけた体が肉体を意識し始め、そのために楽しくなったり、戸惑いを覚えたりした。

十六歳のときのクリスマスのことは、今でも覚えている。いつものようにいとこらしいしぐさでキスをしようと身をかがめたフレーザーから、大あわてで逃げてしまった。キスをしたら、彼に対する思いを知られるばかりか、自分が何も知らないことや、経験のないことまで気づかれてしまうような気がした。もっと年を取りたい、もっと経験を積み、とても到達できそうもないフレーザーのレベルに少しでも近づきたいと必死になったものだ。

そのクリスマスにはエイスガース邸にひとりの女性が滞在していたことを覚えている。当時のフレーザーの恋人で、美人だし、確かに人好きのする女性だったが、レベッカは精いっぱい難癖をつけた。

その女性とフレーザーとの関係がねたましくてしかたがなかった。子供っぽくすねては皆と行動をともにするのを避け、自室に引きこもったままぼんやりしていることもあった。そんなとき、ロリーにはよくひやかされたものだが、フレーザーは決してからかったりしなかった。それどころか、わざわざレベッカの部屋までやってきて、どうしたのか、学校で何かいやなことでもあったのかと尋ねるのだった。そんなふうに頭から子供扱いされるとひどく不愉快になり、何をきかれても返事をする気にもなれなかった。そして、ますますかたくなになって自分の殻の中に閉じこもり、二人の間に決定的な溝を作ってしまった。

その後しだいに大人になり、フレーザーに思いを寄せていることが知れたりすれば、周囲の人たちに気まずい思いをさせるとわかってきたので、エイスガース邸にいる間はフレーザーを避けることにした。フレーザーと一緒にいるよりも、ロリーと過ごす時間を増やした。フレーザーは年上のちょっと退屈ないとこにすぎない――彼にそう思いこませるのがあまりにもうまくいったために、ロリーが不倫の相手はレベッカだと言ったときには、何の疑いもなく信じてもらえた。

もちろん、それこそレベッカとロリーの望んだことだった。だから、フレーザーがいかにもあっさりとだまされてしまったからといって、激しい苦痛にさいなまれるのはおかしな話だった。いったいフレーザーにどうしてほしかったというのだろう。その作り話を否定し、ぼくにはわかっているのだと情熱的に言ってもらいたかったのか。レベッカはぼくを愛しているのだから、ぼく以外の男性とかかわりを持ったりするわけがない、と。そして、その愛がむくわれることまで望んだのだろうか。

十八のわたしは何て愚かだったのだろう。人の本当の気持や反応、特に男性の反応を知らなすぎた。そのうちフレーザーが振り向き、愛情のこもった目で見つめてくれるのではないかとひそかに願いさえした。けれどその望みは、彼の激しい怒りを前にして完全に断たれてしまった。

売り言葉に買い言葉で、レベッカもフレーザーに激しい言葉をぶつけてしまった。ロリーとの恋愛関係を一瞬たりとも後悔したことなどない、そしてこれからもいつまでもロリーを愛し続けるのだと言って。

「ばかなことを！」フレーザーは声を荒らげた。「ロリーが同じ気持でいると本気で信じているのか？　結婚していて、もうすぐ子供がひとり生まれるというのに」そしてレベッカの平らな腹部をわざとらしく見て、さげすむように言った。「それとも、ひとりだけではすまないのかな？」

その夜、レベッカは泣きながら眠りについた。どうしてわたしの心がわからないの？　わたしが産みたいと願っているのはフレーザーの子供だけだというのに……。

次の朝、フレーザーはいつものようにレベッカの部屋に様子を見に来た。けれどもそのときは心配事でもあるのではないかと優しく尋ねてくれたわけではなかった。荷物をまとめてすぐにもここから出ていってもらうのが一番いい――彼は感情のこもらない冷たい声でそう言った。

レベッカはそのとおりにした。そんなふうに完全に拒絶されたことで心が凍りつき、茫《ぼう》然《ぜん》としていた。フレーザーが呼んだタクシーに乗ってエイスガース邸から去っていくときも、後ろを振り返ることは一度もしなかった。涙で目がかすんでいたから、振り返ってみたところで何も見えなかっただろうが。それ以後、この館《やかた》に戻ってきたことはなかった。

兄のロバートはフレーザーが妹に与えた打撃をだれよりもよくわかっていたらしく、二人を元どおりの仲に戻そうとぎごちない努力をしてくれた。フレーザーが敵意を抱く真の理由を知る人は、ロリーのほかにはだれもいなかった。

も同じ年ごろのほかの子供と友達にならなければいけない。ある日、レベッカはヘレンとピーターに、学校の友達のところへ連れていってあげようかと言ってみたが、受け入れてもらえなかった。

「ぼくにもヘレンにも友達はひとりもいないもの」と言ったのはピーターだった。

「友達なんかいらないわ」ヘレンが弟の腕にしきりにしがみつこうとしながら主張した。

「わたしたちにはちゃんと相手がいるもの」

そのあとでレベッカは大おばと話をし、子供たちが通う地元の学校の校長からも二人が感情的に強く結ばれすぎているのが心配だと言われていることがわかった。

「ほかのお友達を作るようにフレーザーも勧めてみたのよ」と大おばは話した。「でもね、ここはご近所といっても全然なくて」

双子の信頼を得て、二人が互いに感情的にひとり立ちできるように力添えをするためには三カ月ではとても足りない。そう思うとレベッカはあせりを覚えた。健全な心で大人の生活を営むためには、互いに依存し合わない心が必要なのだ。

望んだわけでもなくそのつもりでもなかったのに、気がついてみるとレベッカは心情的にますます深く双子とかかわっていた。二人を助けたかった。助ける方法はわかっていても、彼らが殻に閉じこもっているので、どうすることもできなかった。二人が森や川のほとりで過ごしているのはわかっていたが、プライバシーを侵害する気にはなれなかった。

そんなことをすれば益よりも害のほうが多く、無理に仲間入りしたってうまくいかない。そこでレベッカはいろいろな趣味や活動をさりげなく話題にし、そのうちの一つでもいいから双子の気を引き、自然に仲間になれるよう努めた。

ある朝、馬に乗って出かけてみたいと朝食中に何気なく口にしたときには、うまくいったのではないかと思えた。

「アターショットには今でも馬屋があるのかしら？」レベッカはコーヒーを取り、トーストにバターをぬりながら大おばにきいた。

「あると思いますよ。スコットさん——牧師さまの奥さまだけど、あのかたならきっとご存じだわ。地元の動静は一つ残らずキャッチしていらっしゃるみたいですもの。お電話してみてはどうかしら」

「そうね……もうずいぶん長い間馬には乗っていないわ。ロンドンにいて一番恋しいと思うのは乗馬かしら」レベッカは話している間中、ヘレンが興味深げに、それでいながら敵意をこめて聞き耳を立てていることに気づいていた。そこでいかにもさりげなく双子のほうを向き、尋ねた。「ヘレンかピーターは馬に乗るの？」

「ヘレンが乗るよ」とピーターが声を張りあげたが、どうやらその仕返しにヘレンからいきなり足首をけられたようだ。

「乗らないわ」ヘレンはにこりともせず不作法に否定した。「乗馬なんか大嫌い！」

いね、レベッカ。時間を……」

意外にもそんな話をした日の夜に、ついに難関を突破したのではと思えるようなことが起きた。おとなしくテレビを見ている双子のそばでレベッカが大おばと一緒に子供のころの思い出話をしている最中だった。

「特にあの谷は大好きだったわ、それに、川も」とレベッカは言った。大おばに注意を向けているように見えても、実際は子供たちに注意していた。

「そうだったわね」大おばは渋い顔をしてみせた。「あなたがびしょ濡《ぬ》れになって帰ってきたことが何度かあったように覚えていますよ」

レベッカは大おばにそう言われたとたん急にさまざまな出来事を思い出し、心から楽しそうに笑った。「そうだわ。ロリーとロバートがゲームをしている邪魔をしたと言って、二人でわたしを川の浅瀬にほうりこんだこともあったわね。運よくフレーザーが二人を見かけて、救い出してくれたけれど」

「わたしたちも谷や川が好きよね、ピーター？」

レベッカはびっくりして、ヘレンのほうを振り向いた。少女はレベッカを見ていた。子供の側から話しかけられるという思いがけないことに、レベッカは一瞬口もきけなかった。

しばらくして慎重に言った。「ほんと？」

今ではピーターもこちらを向いて、熱っぽく言った。「大好きだよ。フレーザーから釣りを教えてもらったんだ。でもね、フレーザーが一緒じゃなくちゃ行っちゃいけないって」

　好機を逃がしてはたいへんと、レベッカはあわてて言った。「それならわたしが釣りに連れていってもいいわよ」

　ピーターがヘレンの反応を急いで見る。ヘレンは一瞬間を置いてから、ゆっくりと言った。「そうね、いいわ」

「明日の午後行きましょう」レベッカは約束した。「サンドイッチを作って、向こうでピクニックなんてどう？」

　その夜しばらくしてからレベッカは大おばに言った。二人の子とようやく心の触れ合いを得たことにほっとして、いまだに頭がくらくらしていた。

「やっとよ！　本当を言うと、もう子供たちに受け入れてもらえないのではないかと思い始めていたの」

　次の日、もう若くないノートン夫人の負担を少しでも軽くするために、レベッカは町に買い物に出かけた。市場町であわただしく軽い昼食をすませ、ノートン夫人と大おばから頼まれた用事を片づけて帰宅したときには、約束の時間まで三十分もなかった。買いこんできた品物を整理し、はき古したジーンズと薄いTシャツに大急ぎで着替えて駆け下りていったが、子供たちは出かけてしまったあとだった。

「お待ちするように言いましたのに」ノートン夫人はレベッカに言った。「何しろ強情でいらっしゃいますから、あのお二人は。特にヘレンお嬢さまはね。せきのところでお待ちしているとお伝えするよう言われています」

「せきですって！」レベッカは眉をひそめた。

「だんなさまからいただいた小さな釣りざおをお持ちになりましたよ。まだほんの十分かそこら前でしたが」

あの子たちはいつも自由に敷地内を歩き回っている。そうわかっているのだから心配するなんてばかげている、とレベッカは自分に言い聞かせた。そうは言うものの、谷間に通じる険しい坂道を下りていくうちに、子供たちを案じる気持と張りつめた神経のために心臓がどきどきしてきた。

丘を半分ほど下ったあたりに、貯水池の全体を見渡せる場所があった。レベッカはいつもの癖で、そこに立ち止まった。

貯水池は昼下がりの陽光を受けてちらちらと光っている。水面はいつも静かで動かないが、水面下には非常に強い流れがあり、大きな危険がひそんでいる。じっと見ていたレベッカは、そのとき、水面に何かが浮かんでいるのに気づいた。息がつまり、心臓が止まりそうになった。ピーターの、赤と青の軽いジャケットが貯水池に浮いていた。

レベッカは走りだした。低い木や茂みに肌がこすれてかすり傷ができようが、そんなことは気にも留めずに。手遅れにならないうちに貯水池に浮かんでいるその小さな、あまりにも弱々しい体に駆け寄ることだけを考えていた。

貯水池の縁に着くと、レベッカは靴をけって脱ぎ、ジャケットを脱いだ。ジーンズとTシャツは脱ぐには時間がかかりすぎると思ったので、着たまま飛びこんだ。

見覚えのある赤い大きな目標に向かって力いっぱい泳いだ。この貯水池で泳ぐのは危険だとフレーザーから注意されてからは、レベッカは一見穏やかな池を内心ではいつもひどく恐れていた。

流れが生まれる主な原因は水門にある。これを開けて余分な水をせきから流すからだ。春から初夏にかけての大雨のあとでは流れは実に速くなる。レベッカは強い水流に引っ張られるのがわかった。ピーターを目ざして必死に泳ぎ、泳ぎながら祈った。彼が流れにのまれ、せきの向こうへ流されてしまわないうちに助けられますようにと。そして、彼がまだ生きていますように。

ようやくせきに近づいた。縁からあふれ出た水が十メートル以上も下の川に流れ落ちていく音が聞こえる。それとも、この音は、あまりの怖さにどきどきしている自分の心臓の音なのだろうか。

レベッカよりも体重の軽いピーターは、小さな体をぐったりさせ、自分の力ではどうすることもできないまま、すでに急流に巻きこまれてしまっている。レベッカは渾身《こんしん》の力を振りしぼってどうにかスピードをつけ、夢中で手を伸ばしてジャケットをつかんだ。

その中にピーターの体がないとわかったときのぞっとする衝撃で、流れのことも、わが身に迫りつつある危険も忘れた。ただピーターのことだけが心配で、無事を祈るばかりだった。ジャケットにしがみついたとき、かたくてとがった何かが素肌をこすった。次の瞬間、レベッカはわが身の危険に気がつき、愕然《がくぜん》とした。

気づいたときには流れに巻きこまれ、せきの仕切りへと勢いよく流されていた。岸のほうで叫び声が聞こえた。もがきながら振り向いたレベッカは、黒い髪の男性が立っているのを見た。フレーザー……フレーザーがいる！

でも、まさかそんなはずはない。ありえないわ。彼はアメリカにいるのよ。レベッカは死に物狂いで急流と闘っていたが、今では、危険な激流よりもエイスガース邸に自分が来ていることを知って怒っているフレーザーのほうが恐ろしかった。彼はすでにジャケットを脱ぎ、今は靴を脱いでいるところだった。レベッカは流れから脱出しようと最後の力を振りしぼった。そして、目前に迫った危険からうまく逃れ、幾分穏やかな流れのほうへ移動することができた。

それでも危険が遠のいたわけではない。フレーザーが飛びこみ、近づいてくる。体をしっかりつかまれたとき、レベッカは彼が飛びこんで助けてくれたことで不本意ながらも救われた気持になった。岸に向けて引かれていく間に、ピーターのことを話そうとした。けれども話そうとするうちに大量の水を飲んでしまい、岸に引き上げられたときにはぐったりして気分が悪く、吐き気がこみ上げた。

レベッカは必死で起き上がってフレーザーにピーターのことを話そうとしたが、口を開く力もなく震えながらぐったり横たわっているだけだった。

フレーザーも口をきかなかった。レベッカはもうろうとした意識の中で目の前にちらつく彼の姿と顔に焦点を合わせようとしていた。そんな状態なのに、彼の目にこめられたぞっとする怒りは読み取っていた。

ぐっしょり濡れたまま震えて倒れている間に、ほかのことも気づき始めた。最初に目に入ったのは二組のそろいのサンダル。そして小麦色に日焼けした二組のそっくりな脚、やはりそろいのダークグリーンのショートパンツ。頭を上げると、自分を見下ろして立っている双子が見えた。レベッカは二人の無事を知ってほっとすると同時に、ピーターのジャケットが故意にせきの中へ投げこまれたのを知ってやりきれない気持になった。二人の思うつぼにはまってしまったなんて……。ヘレンが歩み寄ってくれたと信じきってしまったなんて、何て浅はかだったことか。

レベッカはガラス片を見つけたときのように、少女は真の危険性を理解できなかったのだと考えることにした。レベッカが全身ずぶ濡れになり、プライドを傷つけられてロンドンへ逃げ帰るだろうと考えただけなのに違いない。レベッカは目を閉じた。あまりにも目まぐるしくたくさんのことが起こり、とてもすべてを理解できなかった。

しだいに体中の感覚がなくなり、不快な吐き気を覚えた。耳鳴りもする。必死の思いで気を失わないように努めても、意識がもうろうとしてくる。心配そうに尋ねるピーターの声が遠くに聞こえた。「この人死ぬんじゃないよね？」

4

意識を取り戻したとき、レベッカはまだ地面に横たわっていた。体は氷のように冷たいが、頭はいくらかはっきりしている。

何かが暖かい日ざしをさえぎった。いや、何かではなく、だれかと言うべきだ。目を開くと、険しい表情をしたフレーザーが覆いかぶさるように立っていた。

「いったい何だって池に飛びこんだんだ？」彼はかんかんになっていた。「危険だとわかっているじゃないか！」

「ピーターが……」レベッカはしわがれ声で説明しようとした。

だが、フレーザーが容赦なくさえぎった。「ピーターのジャケットがなくなったそうだな。だが、それがどうしたと言うんだ？　偶然ぼくがこっちに向かっていなかったら、君は間違いなく溺《おぼ》れていた」と冷酷に指摘し、皮肉たっぷりにつけ加えた。「それともあの子たちが飛びこんで助けてくれるとでも思っていたのか？」

レベッカは痛烈な皮肉を浴びせるフレーザーにたじろぎながら、起き上がろうともがいた。何て間が悪いんだろう。こともあろうに彼にわたしの愚行を見られたとは。

起き上がろうとしたとたん、さっきすりむいた皮膚に痛みを覚え、レベッカは縮み上がった。横目を使って盗み見ると、ヘレンとピーターが心配し、すまなそうな表情をしている。ピーターはショックと恐れでほとんど血の気がない。ヘレンのほうは気丈に身構えているが、自分の仕組んだ罠《わな》が恐ろしい結果を招いたことを後悔しているのは明らかだった。

レベッカは疲れきった頭で考えた。フレーザーに事の真相を話しても何にもならない。だまされたわたしが悪いと責められるのがおちだわ。でも、今回のことは子供たちにとっていい勉強になった気がする。彼女は二人を見ないようにして、精いっぱいさりげなく言った。「ほんと、ばかなことをしたものね」

フレーザーの怒りはまだおさまらない様子だ。「ばかなことではすまないよ」と冷たく言った。「ちゃんとわかっているんだろうね、君の命ばかりでなく子供たちの命も危険にさらすことになったかもしれないんだ。ヘレンかピーターが、貯水池に飛びこんだ君のあとを追っていったら、どうするんだ？」

そっけなく答えたレベッカの声には自分でわかっている以上の皮肉がこめられていた。「でも、この子たちがそんなことをしたとは思えないわ」

「それもそうだ」フレーザーは冷ややかに同意した。「二人とも賢いからそんな途方もないばかなまねはしないだろうな」

彼は激しく震えているレベッカを見て眉をひそめ、子供たちに指図した。

「いいね。家まで走っていってノートンさんに頼んでくれ。レベッカのために熱いお湯を沸かして、お風呂も用意しておくようにって」

意気地のない話だが、レベッカはフレーザーと二人きりにされたくなかった。思いがけなく彼と再会したショックは身の危険にさらされたことで薄らいだものの、遅かれ早かれ、エイスガース邸にいる理由の説明を求められるに決まっている。

起き上がろうともがいていると、フレーザーがうなるように言った。「動かないで。ぼくが家まで運ぶ」

運んでくれるですって？ 信じられない思いで見上げるレベッカに険しい目を向け、フレーザーは身をかがめて彼女をすくい上げた。恋人を優しく抱き上げる感じではなかった。ちょうど消防士に抱き上げられるみたいだ。フレーザーに抱かれると思っただけで胸の鼓動がはね上がってパニック状態に落ちかかったものの、すぐにおさまった。レベッカは邪険に扱われて館《やかた》へと運ばれながら、不愉快な思いを抱かないではいられなかった。

二人の子供たち、ノートン夫人、それに大おばのモードは、各人各様の心配をして待っていた。大おばの顔は真っ青だった。

フレーザーはレベッカの体の状態を心配する大おばたちの質問に短く答え、手伝いの申し出も断った。そして、四人から見えないところまで来ると、レベッカに冷たく言った。

「モードおばさんのことも考えてあげなくては。おばさんだってもう若くはないんだ」

彼はレベッカの寝室のドアを押し開け、ベッドにどさりと下ろした。まるで石炭袋の扱いだ。彼女はかっとなって言い返した。「おっしゃるとおりだわ。あなたのほうこそあの子たちをおばさまに押しつけてアメリカなんかに出かける前に、そのことを考えてあげられたでしょうに！」

眉をひそめたフレーザーに見つめられ、レベッカは自分の舌を呪《のろ》った。何だって、こんな軽率なことを言ってしまったのかしら。

だが、フレーザーの反応は驚くほど穏やかだった。「いや、君が言うように子供たちを押しつけたわけではない」彼は静かに言った。「きわめて有能だと思えた、信頼できる若い女性を子供たちの世話係として残していったんだから」

「彼女は出ていったわ」レベッカは冷ややかに応じた。

一瞬、沈黙が流れたが、すぐにフレーザーは言った。「知っているとも。だからこうしてぼくが来ているんだ。その女性から何があったのか連絡があったのでね。彼女は辞めざるをえなくなった理由を僕に知らせるのが義務だと思ったんだろう。それで、おばさんがひとりで子供たちのめんどうを見ているとわかったので、早々に予定をキャンセルして、帰宅の手はずを整えた。しかし、帰ってみてわかったのは……」

「あなたの犠牲的行為はまったく必要なかったということでしょ」レベッカはわざと優し

く言った。「おばさまがすでに代わりの手配をしてしまったんですものね」

フレーザーの顔に冷笑が浮かび、レベッカは傷ついた。

「さっきのような出来事がたびたび起きるとしたら、君のやりかたではとても親の不安を払いのけられないだろうね」

その気になれば言えることはたくさんあるが、言ってみたところで何の役に立つだろう。フレーザーはどうしてもわたしの一番悪い面を見たがる。そう思い当たったとき、顔から血の気がうせた。異端審問のような追及が去ると、反動で体がぶるぶる震え、骨の髄まで冷たくなった。

「君に必要なのは熱い風呂に入ることだ」フレーザーはレベッカの様子を見てきびきびと言った。「自分でできるね。それとも……」

一瞬、レベッカは手伝ってあげると言われるのではないかと思いこんだ。いくら個人的な感情はまじえないといっても、フレーザーに触れられると思っただけで顔が赤くなる。

そんな気持を読み取ったのか、フレーザーは静かに言った。「手を貸してほしいのなら、いつでもノートンさんに頼んであげるよ」

レベッカは首を振った。水のしずくがベッドに飛び散り、その一滴がフレーザーの手に落ちた。見守るレベッカの前で、彼はそのしずくをちらりと見て何気なく手を上げると、そっと唇でぬぐった。ごく自然な動作だったが、レベッカは官能的な場面を連想して動揺した。

フレーザーは立ち上がってドアに向かったが、そこで立ち止まった。「どうしてうちに来たんだい、レベッカ？」

彼女は質問をわざと取り違えたふりをすることに決め、肩をすくめながら静かに言った。「モードおばさまに頼まれたからよ」

期待していた答えではないとフレーザーの表情が語っていた。しかし、彼がそれ以上問いただささないうちに、ノートン夫人がせわしげに入ってきた。湯気の上がる熱いお茶の入ったマグを手にしている。

「さあ、お飲みなさい」ノートン夫人はレベッカに言った。「ショックがやわらぐようお砂糖をたっぷり入れておきましたからね」

レベッカは素直にマグを受け取り、あれこれ世話を焼きたがるノートン夫人のなすがままにまかせた。フレーザーは、医者を呼ぶと言って、部屋を出ていった。

レベッカは神経が限界まで張りつめているような気がした。最初に緊張したのはピーターが溺れていると思ったときで、そのあとフレーザーが姿を現したのを見たことでショックが重なった。

やがて訪れた医師は診察に長い時間をかけ、胸に聴診器を当て、考えこむように眉をひそめた。

「この一年間に肺や呼吸器の病気をしたことがありますか？　気管支炎とか肺炎といった病気ですが……」

レベッカはきまり悪そうに認めた。「冬に肺炎になりました」

肺炎の初期症状を無視していたことについてはいまだに気がとがめている。診察を受けたときにはひどく悪化していて、かかりつけの医師から厳しく戒められたばかりでなく、床に着いている時間も相当長引いてしまった。忙しすぎて休めそうもなかったのが、病気を無視した理由だった。

「ふむ……」医師が言ったのはそれだけだったが、レベッカに向けられたその顔は多くを語っていた。医師がフレーザーのほうへ顔を振り向けてきっぱりと言ったときには、彼女は落胆した。「いとこさんは寝ていなければいけませんね、少なくともあと数日は」そのあとで医師はレベッカに向き直って、優しく説明した。「寝ていなければいけないとフレーザーに言ったのは、そうでもしておかなければ、あなたはわたしが帰ると早速起き上がって、着替えてしまいそうに思えたからです」

「それほど心配しないでいいんでしょうね？」フレーザーが口をはさんだ。

せめて医師と二人だけで話をさせてくれる礼儀をわきまえたらよいものを……レベッカはフレーザーを見ながら苦い思いをかみしめていた。立派に一人前なのに、まるで言うことをきかない子供並みの扱いだ。二人ともわたしなどここにいないみたいに話をしている。

「現段階ではね」医師は安心させるように言った。「しかし、ちょっと気になる点がありまして、このまま進行させたくないんです。肺炎にかかると極度に衰弱しますからね。このかたのように若くて健康な人でもです。少しの間注意するぐらい何でもないことなのですから」彼は立ち上がり、レベッカを安心させるように微笑した。やや疲れた様子の年配の医師は、患者に対する責任をまじめに考えているようだ。

　今年の初めには重い病気に苦しんでいた事実を思い出させてくれた医師に、感謝しなければいけない。そう思ったとたんに体が発作的に震え、いやな胸苦しさを覚えた。

「処方せんをさしあげておきましょう」医師はフレーザーに告げてから、レベッカに向かって穏やかに言った。「胸苦しさは二、三日すれば楽になるでしょう。明日また様子を見に来ますから」

　医師は立ち上がって部屋を出ていった。そんなにたいしたことではないんです、とレベッカが異議をとなえる間もなかった。たいしたことないのに……。少なくとも医師からあれこれ尋ねられる前は何でもなかった。

　頭が痛くなってきた。重苦しい鈍痛で、頭の中に何かがいっぱいつまっているようだ。物事を筋道立てて考えることができない。咳《せき》が出たが、咳《せ》きこむと同時に胸が痛んだ。

　フレーザーが部屋に戻ってきたときも、まだ咳が出ていた。しだいに発作はおさまってきたが、いつもの気の滅入《めい》るようなふらつく感じが残っている。不意に、愚かにもわっと泣きだしたい気持がこみ上げてきた。

フレーザーはその様子を見るなり痛烈な言葉をぶつけた。「たかが子供のジャケットのために、そんな目にあうなんて！　まったく、そうまでする必要がどこにあるんだ？」

ジャケットのためではない。子供の命のためにしたことだ。舌の先まで言葉が出かかったが、レベッカはぐっと思いとどまった。その気になればフレーザーの目にたたえられた冷笑など十分に消し去ることができたが、子供たちの悪事をあばいてまでそんなことをしたくなかった。

気を鎮めようとして、何も考えずに深く息を吸いこんだ。次の瞬間、肺に痛みが走り、あえぎながら息を吐き出した。

レベッカは呼吸をするため本能的に闘った。フレーザーのことはもう頭になかった。枕《まくら》に寄りかかって身を起こし、体を締めつける鉄の力と闘っていた。貯水池に飛びこみ、赤いジャケットに向かっていったあのときよりもはるかにひどいパニック状態に陥っていた。

すると不意に助けてくれる人があった。ゆっくり呼吸をするようにと静かに言いながら、体を楽な姿勢にしてくれる。おかげで忌まわしい胸の圧迫感がやわらぎ、命を救ってくれる空気を肺にいっぱい吸いこむことができた。

苦しみをやわらげてくれた手と声はフレーザーのものだということに気づいたのは、数秒たってようやく落ち着いたときだった。彼はまだベッドのわきに立ったまま、思いがけなく緊張した面持ちでレベッカをじっと見ていた。

「よくこんなふうになるのか？」フレーザーがぽつりと尋ねた。

レベッカは心もとない微笑を取りつくろった。「冷たいプールに泳ぎに行ったりするときだけなの」

「君は子供のころぜんそくだったな」フレーザーはレベッカに向かって顔をしかめた。責めているような言いかただ。

「軽いものだったわ。それに、ほんのちょっとの間だったし」

フレーザーは聞いていない様子だった。彼は部屋の中を歩き回っていたが、レベッカのほうへ向きを変えると鋭い言葉を浴びせた。「ぜんそく、肺炎……それなのに溺れそうになったりして。あの水は山から流れこんでいて、氷みたいに冷たいのは知っているはずじゃないか！　何て人なんだい、君は！」

「きっと忘れっぽいのね」レベッカは思いきって言ってみたが、せっかくのユーモアも何の効果もなかった。

フレーザーはかみつかんばかりに険しい表情を向けた。「わかっているだろうが、ぼくがあそこに居合わせなかったら、君は間違いなく……」

「溺れていたでしょうね」レベッカは彼に代わって冷ややかに続けた。「仮にそうだったたとしても、わたしの死を嘆き悲しんでくれたなんて見せかけるのはやめてちょうだい。あのときあなたはわたしに何て言ったかしら？　ほら、わたしとロリーとの間柄についてあなたがどう思っているか話してくれたときのことよ。本当にご親切につるし上げてくれたものよね」

意外にもその言葉はフレーザーの痛いところを突いたようだ。頬骨のあたりがほんの一瞬、ほんのり赤くなった。

十八のときには、フレーザーは難攻不落の無敵の人に思え、人間ではなく、神のようにさえ見えたものだ。だが、人を見る目も肥え、成長もした今では、あこがれとか若さというベールを通さずに彼を見ることができる。

フレーザーと仲たがいをしていた何年もの間に大きな変化があった。わたしも変わったということは、おそらくフレーザーも変わったということだろう。けれども、一つだけ変わらなかったことがある。レベッカは悲しく認めた。幼いあこがれは消えてしまったかもしれないが、心の奥底に秘めていた感情……自分では恋と呼んでいる苦しみは今でも消えたわけではない。

レベッカはかすかに身震いし、憂いを帯びた灰色の瞳をフレーザーではなく、その先のほうへ向けた。自分の様子がか弱く、デリケートな印象を与えることなど気づきもしなかった。いつもはさらりと肩までたれている金髪が顔のまわりでゆるいカールを作っている。

もともと肌は青白いほうだが、今はまったく血の気がない。ただ、唇だけはふっくらして柔らかく、青ざめた肌に不釣合なほど赤かった。

「あのときは本当に腹が立ったんだ——君とロリーの二人に」

その言葉に、レベッカはフレーザーの顔に焦点を合わせた。

「いいかい、レベッカ、君がロリーにどんな気持を抱いていたのか知らないが、相手は結婚していたんだよ！」フレーザーの声はかすかに震えていた。

遠い昔と同じように、レベッカはフレーザーの声に激しい怒りを聞き取った。急にぐったりし、ひとりになりたくなった。彼女は顔をそむけ、か細い声を出した。「そのことは話したくないわ」

「そうだろうね、君は一度だって真実を見ようとしなかったから」フレーザーは追及の手を止めなかった。「いつも夢を追って、現実より想像の世界に生きていた。レベッカ、君は自分に何と言い聞かせたんだい？　リリアンなんか実際には存在しないとでも？　それとも、いることさえ気に留めなかったのか？」

「どうしてそんなに責めるの？」レベッカは急にいきり立ち、残っているわずかな気力を振りしぼった。「わたしがそそのかしたわけじゃないわ。わざとロリーの心を奪ってリリアンから引き離そうなんて。そんなことをしたら二人は……」

「いいだろう」フレーザーは重々しく言った。「しかし、たとえ十八でも、君は鋭い人だし頭もいいから、ロリーの弱点を見抜けたはずだ。わからないのかい……」

ドアが開いたので彼は口をつぐんだ。大おばのモードが入ってきた。

「お邪魔かしら、フレーザー。でも、先生が何とおっしゃったのか気になって」

「だいじょうぶだと言ってくださったわ」レベッカはフレーザーが答える前に大おばを安心させた。「フレーザーも帰っていらしたことだし、これでわたしはおいとましてもかまわないでしょうね」

「まだだめだ」フレーザーがそっけなく反対した。「先生から許可が下りるまでは」

「どうしましょう！」大おばは悲しい顔をした。「わたしがいけないのよ。あなたに助けを求めたりしなければ……」

「おばさんのせいではありませんよ」レベッカが口をきく間もなく、フレーザーは彼女を慰めた。「レベッカはせきのある貯水池が危険だということを十分承知しているんですから」

彼は大おばの肩に優しく腕を回してかばうようにしながら、ドアのほうへ連れていった。突然レベッカは大おばがうらやましくなり、気弱になっていることも手伝って愚かにも涙がこみ上げてくるのを感じた。

ドアのところまで来ると大おばは気を取り直し、きっぱりと言った。「別にあなたが帰ってこないでもよかったのよ。レベッカと二人でちゃんとうまくやっていたんですから。

あの娘さんが告げ口するなんて、思ってもみなかったわ」

「とんでもない、彼女はちゃんと責任を果たし、先のことを心配して知らせてくれたんです」フレーザーはきびきびと言った。「第一、そういう人だからこそ、子供たちをまかせたんじゃありませんか。それなのになぜ辞めさせたんです？」

辞めさせた？　レベッカは耳をそばだてた。これまで聞かされていた話では、家庭教師のほうから辞めたことになっている。自分の意思で、ほとんど何の前触れもなく、と。

大おばはもごもごと、まったくつじつまの合わない返事をした。

ドアを開けながらフレーザーが大おばの言葉をさえぎる。「まあ、その話はまたにしましょう。ところで、昔からあったあのキャンプ用のベッドはどうなっているんです？」

キャンプ用のベッドなどどうするつもりなのだろう。レベッカはいぶかしく思ったが、疲れきっていて、そんなことを気にしている余裕などなかった。フレーザーが現れてから気持が動揺し続けていたし、感情的にも消耗しきっていたので、部屋から出ていってくれてほっとしたほどだ。

フレーザーにしてみれば旅行を中断するのは非常に気がかりだったに違いない。レベッカは横になりながら考えた。わたしをここから追いたてたら、たぶん子供たちにはまた別の家庭教師を見つけ、アメリカへ戻るのだろう。

追い出される前に出ていかれるように、早く元気にならなければいけないと、自尊心がせきたてている。

レベッカは衣類やスーツケースをしまってある衣装だんすをうらめしそうに眺めながら、起きて荷造りする元気があるかどうか考えていた。あまり遠くまで行く必要はない。三十分も車を飛ばせば、朝食つきで泊まれるところはいくらでもある。今夜のベッドぐらい確保できるだろう。

そうと思い始めたら、じっとしていられない。フレーザーを出し抜く快さ――つまり、出ていけと命じられる前に立ち去る快さに心をそそられ、とても抵抗できなかった。

ベッドから下りてみたが、思いのほか足もとがしっかりしていることを知って、うれしくなった。それでも、衣装だんすまでの短い距離を歩くのにかなりの時間がかかり、胸痛を楽にするために一、二度立ち止まらなければならなかった。

衣装だんすにたどり着いたとき、妙に力の抜ける感じがしたが、それぐらいのことで思いとどまるわけにはいかなかった。たんすを開けてスーツケースを取り出すと、せっせと荷造りを始めた。

いくつも取り出さないうちに、不意にいやな胸苦しさを覚えた。立ち上がろうとしたが、うまくいかなかった。あわててはいけないと心の中で言い聞かせ、ゆっくりと深呼吸をしようとした。たったひとりでいることや、自分の愚かな行為によって非常に危険な状態に追いこまれてしまったことは考えないように努めた。

胸を締めつける痛みはやわらいでくれなかった。用心深く、ほんの少しずつしか息を吸えなかった。寝室のドアが警戒するようにゆっくりと開いたときには、レベッカは呼吸をコントロールするのを忘れてしまった。そのため、室内に入ってきた二人の子供は息をしようとあえいでいるレベッカを目の当たりにすることになった。もだえる彼女の様子と苦しそうな呼吸音に、二人は急いでフレーザーを捜しに行った。

だが、フレーザーが駆けつけたときには発作はおさまってしまい、レベッカはベッドにあと一歩というところまで戻っていた。

「いったい何のつもりなんだ？」双子を従えて部屋に駆けこんできたフレーザーがまず発したのはそれだった。「死んでしまいたいのか？」

彼は衣装だんすが開き、衣類が散らばっているのを見ると、口もとを険しくひきつらせた。

「何てばかなことを」彼は部屋を横切って、さっとレベッカを抱き上げた。

彼女は何も言えなかった。フレーザーの顔がすぐ目の前にあったし、体を引き離そうとして置いた手の下で、彼の鼓動が妙に乱れていたからだ。自分の体から微妙な信号が発せられていることもわかりすぎるほどよくわかっていた。レベッカは不本意ながら、まぎれもない欲望がこみ上げてくるのを認めないわけにはいかなかった。

「死にそうになりながらも君が出ていこうとしているとおばさんが知ったら、どんな気がすると思うんだ？　思いやりというものはないのか？」

　このわたしに思いやりがないなんて！

　レベッカは好奇の目で見守っている子供たちがいることを思い出し、フレーザーに浴びせかけてやりたい痛烈な言葉を歯をくいしばってこらえた。彼女とフレーザーとがどのような間柄なのか、少なくともこの二人の子供はもう何の疑問も抱いていないはずだ。

　フレーザーはレベッカの考えていることを察したみたいに子供たちのほうを向き、きっぱりと言った。「さあ、寝る時間はとうに過ぎているよ。すぐお風呂に入って。そしたら、お話を読んであげに行くからね」

　二人が素直に言われたとおりにするのを、レベッカは苦い思いで見ていた。

　フレーザーは細かい配慮をするでもなく、乱暴にレベッカをベッドに下ろすと、ぶっきらぼうに言った。「悲劇のヒロインを気取るのはもうやめてくれないか。そんなことをしても、ぼくには通じない……おばさんと違ってね」

　レベッカはフレーザーが偏見を捨てて、真実を見抜いてくれるよう願ったが、それはかなえられそうもない望みだった。彼はわたしに、決して過去を忘れさせないだろう。フレーザー自身忘れたくないからだ。まるで過去を思い出すことに冷酷な喜びを見いだしているようだ。

　レベッカは、こみ上げる涙は心の苦痛によるものではなく体が弱りきっているためだと自分に言い聞かせた。そして、涙を見られないようにフレーザーから顔をそむけながら、反抗的につぶやいた。「わたしに出ていってもらいたかったくせに」

いったい彼の何がこんなふうにだだっ子みたいな態度をとらせるのだろう。フレーザーの言うことなど無視して、黙って立ち去らせたほうがはるかによかったのに。そのほうが賢明だし、ずっと安全だったに違いない。

「そうとも」フレーザーははっきりと認めた。「ただし、それは君がそうできるぐらい体力を回復したときの話だ。君が自分を犠牲にするのは勝手だが、そのためにぼくに手を貸してもらおうなどとあてにされては困る」

「いまだにわたしを憎んでいるのね？」レベッカは突然そう叫んだ。疲れはて、ほとんど自制できない危険な状態に陥っていた。

「憎んでいる？」

フレーザーが冷たくあざけるようなほほえみを浮かべるのを見て、レベッカはいやな気持にさせられた。

「とんでもない。憎んでなんかいないよ、レベッカ。憎しみはとても激しい感情だからね。ぼくが君に対して何か感じているとすれば、それは哀れみと軽蔑《けいべつ》の入りまじった気持ぐらいのものだろう。哀れみを抱くのは、君があんな弟を好きになるほど愚かだったからだし、軽蔑するのは、相手が結婚しているとわかっていながら、ずるずると深いかかわりを持ったからだ」

「ずるずるとですって？　ずるずると恋をしたりする人がいるものですか！」

「いるとも」フレーザーは冷たく言い返した。「そういう関係では、深入りする前に必ず、引き返すかそのまま進むか選ぶ瞬間がくるものだ。君の場合には、ロリーがしていることを理解した瞬間が進退を決めるときだったはずだ。ロリーは自由の身でないと君にはわかっていたのだから」

「そうよ。わたしが引き返していたらよかったのよ！　ちゃんとわかっていましたとも！　だから全部わたしがいけないいんだわ。そう言いたいんでしょう？」レベッカは投げやりに言った。

一瞬、フレーザーの顔がくもり、ちらりと苦痛がのぞいた。レベッカはこれまで感じたこともない気持がこみ上げるような気がした。切なさ、激しい怒り、そして自分ではどうすることもできない、望みのない恋心が入りまじった感情だった。

「いや」フレーザーはゆっくり言った。「全面的に君が悪かったわけではない。同じくらいぼくも悪いんだ。何が起きているのかわかっていたはずなのに、ぼくは……」

「ご自分の恋に夢中だった」レベッカはフレーザーの言葉を引き取った。

彼女は自分に向けられたフレーザーの表情にショックを受けた。彼は、あまりにもつらそうな、厳しい顔をしていた。

「そう……自分のことに夢中になっていて目も見えず、目の前で起きていることに気づかないほどだった。聞くところによると、君はまだ一度も結婚していないし、ロリー以外の人に本気で夢中になったこともないそうだね？　もしいまだにロリーに思いを寄せているというのなら……」

「よけいなお世話よ。そんなことあなたと話したくないわ！」レベッカはきつい言葉でさえぎった。もうたくさん。最初に言いがかりをつけたのはわたしだったにしても、罰はもう十分受けた気がする。わたしに対する哀れみや軽蔑を話すフレーザーの声を聞いていると……。

フレーザーがすぐに出ていってくれなければ、彼の前でわっと泣きだして恥をかいてしまいそう。

「わたし、疲れているの、フレーザー」レベッカは、不安にさせるほど弱々しい顔をしていることや、あざのようなくまができていることには気づかずに、言う必要もないことを口にした。その言葉で、フレーザーは彼女がすっかりやつれて今にも倒れてしまいそうなのに気づいた。

黙ってドアを開けたフレーザーは、レベッカが震える声で次のように言うのを聞いて足を止めた。

「気になさらないで……先生からお許しが出たら、すぐ帰りますから」

フレーザーは帰宅してみたらわたしが来ていたので、びっくりしたに違いない。彼が部屋を出てからレベッカはふと気づいた。貯水池からわたしを引き上げたときにすごい剣幕で怒ったのも無理はない。あのままわたしを溺れさせておこうという気になったのではないだろうか。いや、決してそんなことをする人ではない。人生に立ちはだかる困難には敢然と立ち向かうべきだと信じているのだから。それをはぐらかしたり、無視したりはしない。ロリーにはそういう傾向があるが。

こんなに似ていない兄弟はいないのではないかしら。ロリーは少しも深刻そうなところがなく、見かけは魅力的だけれど、非常に利己的だ。一方、フレーザーは表面的にはロリーよりも厳しく魅力もずっと劣るが、本当は思いやり深く、人の心に敏感だ――わたし以外の人にだけれど。

フレーザーは今でもミシェルを愛しているのかしら。ほかのだれとも深くつき合おうとしないところを見ると、愛しているのね。

フレーザーと言い合い、家に帰ってから何カ月かたったころ、レベッカはようやく勇気をふるい起こして母に彼のことをきく気になった。

フレーザーはそろそろミシェルと結婚するのかしら、とそれとなく尋ねると、母は二人はもう別れてしまい、ミシェルはニューヨークに働きに行ったらしいと言った。

そのときレベッカはたいして驚きもしなかった。ミシェルがひそかにロリーと深い関係になっていたのであれば、どう考えてもフレーザーとはっきり約束していたとは思えない。でも、たとえそうだとしても、恋人に去られたフレーザーの苦しみや戸惑いを想像して、心が痛んだ。

彼が何とか真実を見抜いてくれるのではないかという期待に胸を大きくふくらませていたのはそのころだった。玄関口の階段に姿を見せ、申しわけなさそうに謝罪と後悔の言葉を口にしながら、仲直りしてもらいたいと頼んでくるのではないかと。

あのころは若かった。あまりにも若すぎて、二人の友情を保ち続けたいという自分の願いなど、フレーザーにはどうでもよいということがわからなかった。

彼にとっては二人の友情にはわたしが考えているほどの意味はなかったのだ。レベッカもしだいにそういうものだと考えるようになった。たとえフレーザーに真実がわかったところで、ほとんど何も変わらないだろう。

ところが、今、その認識に新たな要素が加わった。どういうわけか、フレーザーはレベッカとの間に距離を置いておくことを心から楽しんでいるらしいと気がついたのだ。

ベッドに入っても胸苦しさから解放されなかった。この様子では回復して出発できるようになるまでには数日かかりそうだ。レベッカは咳きこみながら、忌まわしい運命を呪った。それでも、何度も寝返りを打っているうちに、いつの間にかうとうとと眠っていた。

明け方になって目を覚ましたときには体中どこもかしこも痛く、寝汗をじっとりかき、胸にはいやな圧迫感があった。

だれかわからないが、清澄な山の空気を吸えるように窓をすっかり開け放っておいてくれたらしい。澄んだ空気を吸おうとして寝返りを打った瞬間、レベッカはベッドと窓の間の床に低いキャンプ用のベッドがあるのに気づいた。

だれかが寝ている。それがフレーザーだとわかると、レベッカは戸惑い、胸がどきどきしてきた。フレーザーがわたしの部屋で寝ている……なぜ？

あわてて起き上がったとたん、ほてった体が冷たい外気にさらされ、レベッカは思わず身震いした。ぞくぞくしたために胸の苦しさが増し、咳きこんだ。そのうちにいつもの苦しさが襲ってきた。息が止まりそうだ。

すぐフレーザーが目を覚ましたが、今回は彼がそばに来ないうちに、苦しい発作を何とか抑えることができた。

そして、話せるようになると早速きつく問いただした。「ここで何をしているの？」

「おばさんが君のことを心配してね。だれかがついていてあげなければいけないんじゃないかって」フレーザーは感情をまじえずに肩をすくめた。「どうしてもつき添うと言ってきかないので、代わりにぼくが引き受けるしかなかったんだ」

彼はベッドの横に立っていた。レベッカはまだ胸の痛みが残っているにもかかわらず、妙に自分を意識しないではいられなかった。

フレーザーがはいているパジャマのズボンはどう見ても彼のものではない。フランネル地のゆったりしたズボンはウエスト位置を腰まで落としてはいていても、まだ丈が短い。レベッカは横になっていたので、いやでもフレーザーのたくましい体が目に入った。

いつまでもそうしているわけにもいかず、レベッカは反対側を向いて、フレーザーの視線を避けた。その間に彼が立ち去ってくれることを祈ったが、そうはいかなかった。去るどころか、彼は冷たくなった背中に温かいてのひらを押しつけて、レベッカをびっくりさせた。フレーザーはてのひらで背中をさすって暖めてくれただけではなく、いつまでもつきまとって離れない胸の苦痛もやわらげてくれた。

痛みを消してくれる快い温かさをこんなにも必要としていたと、フレーザーにどうしてわかったのだろう。レベッカがぼんやりとそんなことを考えていると、彼はそれに答えるように静かに言った。「ぼくは一度肺炎にかかっているんだ。あまり気持のいいものじゃないね」

「そうね」レベッカはぽつりと相づちを打った。うまく呼吸ができなかったが、それは病気とは全然関係がなかった。肌をリズミカルにさすってくれるフレーザーのたくましい、男性的なてのひらは、単に胸の痛みをやわらげてくれる以上の影響を及ぼした。

彼の手から伝わってくる温かさが体中に広がり、みぞおちのあたりからぞっとするような震えがこみ上げてきた。

フレーザーに対する自分の体の反応が気になって、とても落ち着いてはいられない。レベッカは彼に気づかれませんように、と祈った。答えに苦しむ質問をされたらどうしよう。だしぬけにフレーザーが何気ない口調で言った。「貯水池で何をしていたのかもう一度話してくれないか」

「わかっているでしょう。ピーターのジャケットが……」

フレーザーはレベッカの背中から手を離し、彼女の二の腕をつかむなり自分のほうを向かせた。

「嘘《うそ》だ。池に飛びこんだのはピーターのジャケットのためではなかった。本当はピーターが溺れていると思ったからだろう?」

レベッカの気持は顔に表れていた。「どうしてそうだとわかったの?」

「わかったんじゃない」フレーザーは表情をくもらせ、ぶっきらぼうに言った。「あの子たちから聞いたんだ。二人ともぼくがあの場に行くまでは、君がどんなに危険な状態にあるのかわからなかった。子供たちにいつもの元気がなかったので、何かあると思ってね。ジャケットの件について問いつめてみると、本当のことを話したよ」

一つ残らず、すべてを? レベッカは疑問を抱いたが、険しい口調で続ける彼の話にその答えを見いだすことができた。

「もうだいじょうぶだ。ああいういたずらは危険だと、よくわかったはずだから。それに、ピーターが貯水池に落ちたと見せかけて君をからかったことが、恐ろしく悲しい結果を招いていたかもしれないともね」

「なぜわたしをからかったのか話していた？」レベッカはフレーザーから離れようとしながら顔をそむけた。

「ああ、それは君がなかなか来てくれないものだから、いらいらしたんだろう」

やはり二人は何も話さなかったのだ！　そんなことだろうと思っていた。それでも、ともかく二人とも今でははっきりわかっているはずだ。わたしに対するフレーザーの口のきかたを聞いていたのだから、彼らの間にわたしが割りこむ心配はなくなったと知ったに違いない。

「残念だね、キャロルを辞めさせるのがいいとおばさんが考えるとは。二人を寄宿学校に入れたらいいと言っているが」

「いけないわ！」レベッカは激しい口調でさえぎった。

「ずいぶんかばうんだね。なぜ？　当ててみようか？　二人ともロリーの子だから、それで……」

「それは何の関係もないことだわ」レベッカは怒って否定した。「あの子たちは不安定な境遇に置かれて、不安感を抱いているわ。だからああいう態度をとるんじゃないかしら。絶えず周囲の大人たちをテストして、自分たちが愛され、必要とされている証拠を見つけようとしているのよ。寄宿学校に入れたりしたら、また拒絶されたと思いこむわ。両親とめったに会えないなんて本当によくないわね。ピーターもヘレンも、わたしがここに来てから、一度も両親の話をしていないのよ。あなたのことは話していたけれど……」

「ずいぶん子供のことがわかるんだな」

「子供はわたしの専門よ」レベッカはうんざりしたように言った。「だからおばさまが来てもらいたいと電話をかけてきたんでしょう」

「そう？」

フレーザーのそっけない言いかたとレベッカを見る目つきに彼女はかっとなった。

フレーザーにくってかかり、それならほかにどんな理由があるのかと言ってやりたい気もするが、それほどの勇気はない。「でも、あなたがわたしに来てもらいたがらないだろうということはおばさまにお話ししたのだけれど……」

「いいかげんにおしゃべりはやめて、寝たらどうなんだい？　君のぐあいを悪くさせたなどと先生から叱《しか》られたくないからね」

「そうよね」レベッカは皮肉たっぷりに相づちを打った。「わたしがよくなって、出ていかれるようになるのが早ければ早いほど、あなたはうれしいでしょうし。それぐらいのことは十分承知しているわ、フレーザー」

レベッカは横になって夜具を引き上げようとしたが、横からフレーザーが手を出して、夜具を奪い取った。彼はレベッカの体をきっちりとくるみこんでから、びっくりして目を丸くしている彼女を見ながらおどけてみせた。「親になるのはどういうことなのかわかっているのは、なにも君ひとりだけじゃないんだよ」

部屋を出る前、フレーザーは今までとまったく違う口調で言った。

「君に謝らなければいけないな。君はピーターが池に落ちたと本気で思いこんでいたんだね。なぜぼくに言ってくれなかったんだい?」

レベッカは自分に向けられたフレーザーの目をまっすぐ見つめ返し、静かに言った。

「たいしたことではないと思えたからよ」

勝ち誇った気分を味わえるはずなのに、おかしなことに、急につらい悲しさと、何とか過ぎ去った年月を消して再出発したいという、やるせない思いを覚えただけだった。

5

「しいっ！　起こしちゃいけないってフレーザーおじさんが言ったでしょ！」

レベッカは重たい目を開けた。双子がベッド際に立って見下ろしているのが目に入ったが、すぐに彼女の視線は子供たちの向こうにある、幅の狭いキャンプ用のベッドに引きつけられた。フレーザーが夜を過ごしたベッドだ。彼のことを思い出すと鼓動が乱れ、感情も感覚もおかしくなる。

「重い病気なんだから邪魔しちゃいけないってモードおばさんも言ってるよ」ピーターは好奇の目でレベッカを見つめながら言った。

「それに、おじさんも言ったはずだよ、二人ともここに上がってきて、レベッカを起こしたりしてはいけないって」そう戸口から声をかけたのはフレーザーだった。

三人の目が彼のほうへ向けられた。その目には三人三様の後ろめたさが読み取れた。子供たちがやましさを覚えるのはわかる。でも、レベッカの場合は……それはだれのせいでもなく、ぼくが悪いのだとフレーザーは落ち着かない気持で考えた。

「陛下《した》に行ってなさい」とフレーザーがヘレンたちに命じたが、レベッカは首を振った。

「いさせてあげて」

二人がここにいれば、フレーザーとの間を仕切る壁になってもらえる。レベッカがそう思っているのは明らかだった。

「よかったら本を読んであげようか」ピーターが申し出た。悪さをした償いをする気でいるらしい。「ぼくのぐあいが悪いときには、フレーザーおじさんはいつも本を読んでくれるんだ。ぼくたちの部屋にある大きな椅子におじさんが座って、ぼくらは膝にのっかるの」

「レベッカがフレーザーの膝に座れるわけがないでしょ、大きすぎて」ヘレンはあざ笑うように弟に言った。

「それに、君がぼくの膝に座ろうとするわけがないしね」フレーザーは子供たちが言い合っているすきを見て、レベッカにささやいた。「ぼくがロリーだとすれば……」

「でも、そうじゃないでしょう?」レベッカはとげとげしく言った。

この人はこんなに鈍感だったのかしら。フレーザーに対するわたしの気持が本当にわからないのだろうか。

喜んでいいはずなのに、実際には腹が立ち、胸が痛む。おかしな話だ。彼に本心を見抜かれることだけはいやだと思っていたのだから。

二人の子供は午前中はほとんどレベッカと一緒にいた。彼女が二人のしたことをフレーザーに言いつけなかったとわかったせいか、双方の間に立ちはだかっていた壁が多少は取り払われた気がする。それでも、二人ともまだ完全に心を開いてくれたわけではない。

医師が来て診察したが、レベッカの肺充血が快方に向かっているきざしはまったく認められないということだった。けれども、レベッカがこれ以上寝たきりでいるのだけはいやだと主張すると、医師は起きてもよいと言ってくれた。ただし、何かしようなどと考えずに、暖かい部屋で静かに座っているぐらいにしなさいと注意された。家に帰ってもいいかどうか尋ねると、医師にあきれられた。

運の悪いことに、少なくともあと一週間は家に帰ろうなどと考えてもいけない、と医師からさとされているところにフレーザーがドアをノックして入ってきた。

彼は話を聞きながら顔をしかめていたが、医師が話し終わると、冷ややかに言った。

「どうもレベッカはこの土地での暮らしよりはるかに刺激的な生活に慣れているようですね。だからしきりにロンドンに帰りたがるんでしょう」

レベッカは医師が出ていってからフレーザーに小声で言った。「わかっているでしょう、わたしが帰りたいと思うたった一つの理由は、ここにいるとあなたにどんなにいやがられるかわかっているからだってことは！」

「たった一つの理由か……」フレーザーは眉をつり上げた。「いろいろ聞かされている君のあの熱烈なファンたちはどうなんだい？　君のお母さんからおばさんに来る手紙にはいつも社交的で受けのいい君のことがいっぱい書かれている。おばさんがこぼしているよ、お母さんから聞かされる君の恋の遍歴には同じ男性の名前が二度と登場することなどめったにないって」

レベッカはフレーザーをにらみつけた。わざと遍歴という言葉を使ったのだろうか。彼女は心の中で母を呪《のろ》った。母親として娘をかばうために事実を誇張したのだ。

「フレーザー、先生は何とおっしゃったの？」大おばが心配顔で入ってきた。「ちょうどお帰りになるときお目にかかったのだけれど、レベッカはちっともよくなっていないとおっしゃるのよ」

「よくなっているわ」レベッカは嘘《うそ》をついた。「そろそろ起きて、階下に行ってもいいって言われたわ。明日には出発できるぐらい元気になれると思うの」

「ばかな！　君はどこにも行かせない。すっかりよくなったとぼくが確信できるまではね！」

フレーザーの強い言いかたにレベッカは驚いた。強い家族意識と責任感を持ったフレーザーのことだから、娘が完全に回復しないうちに帰されたと知ったときの両親の気持を考えたに違いない。心配してくれる彼の気持に個人的な感情が含まれているはずはない。ひとりの人間として気づかってくれるわけではないのだ。

レベッカは自分の好きなときに出ていくつもりだとフレーザーに言ってやりたかったが、大おばがいたので思いとどまった。

フレーザーが許可してくれないにもかかわらず、いや、もしかしたらそれだからこそレベッカは起きて、昼食は皆と一緒にとると言い張った。ききわけがないとフレーザーからとがめられても、彼女はあごを突き出し、反抗的に言い返した。「すっかりよくなったから、起きても平気よ。本当にもう何でもないし、この分なら明日にも家に帰れるわ」

「嘘だ」フレーザーは断じるように言った。「きっと見かけどおりの気分でいるはずだから、先生に言われたとおりにして、ちゃんとベッドに横になっていなくてはだめだ」

レベッカはフレーザーの言葉も、また、体に力が入らないこともがんとして認めようとはしなかった。年の初めにはかかりつけの医師の注意をかたくなに拒み、その結果長期にわたって苦しむことになったのだが、今回は事情が違う。これは病気などではないのだから。

だからといって、まだ完全に健康だというわけでもない。彼女は昼食時につくづくそう思い知らされた。

子供たちのおしゃべりが頭にずきずき響く。喉もいがらっぽく、ひりひりしている。たちの悪い鼻かぜまで引いたらしい。

レベッカは、食事が終わってフレーザーが仕事があると言って書斎に引き上げたときには、心からほっとした。

「フレーザーはどうしてアメリカに戻らないのかしら」

レベッカは今度ばかりは警戒心を捨てて、大おばに不平をもらした。居間の暖炉の前で大おばが話し相手になってくれていた。

夏だというのに、石壁の家の内部は暖炉がありがたいほど冷え冷えとしている。大おばはセントラルヒーティングが健康に悪いと信じこんでいるので、エイスガース邸の暖房が快い温度に保たれていることはめったになかった。今日のレベッカには古い館《やかた》の寒さが格別にこたえた。

「今さらそんなことをしてもしかたがないからでしょう。旅行はキャンセルしたんですもの。ここだけの話だけれど、フレーザーは初めからアメリカ行きにはあまり乗り気ではなかったみたいなの。あの人が研究所にどんな気持を抱いているか知っているでしょう？自分がいなかったらつぶれてしまうと思っているのね、きっと」

「それほどに思っているのなら、なぜ研究所に行かないのかしら？」レベッカは思わず小声でつぶやいた。

「今の彼にそんなことができるわけがないじゃありませんか」大おばがすぐに聞きとがめて言った。「あなたのことが心配でならないんですから！　もし、あのときフレーザーが来ていなかったら……」と、ぞっとしたように身震いしたが、今度ばかりは芝居ではなかった。「あなたのお父さまやお母さまにどう申し開きができたかしら？　あの恐ろしい子供たちがしようとしていたことを考えると……」レベッカが口を出そうとするのを制して、大おばは激しい口調で続けた。「あの子たちにあなたの危険がわかっていなかったとは言わせませんよ。フレーザーならともかく、このわたしはだませません。あの子たちは二人とも寄宿学校に入れなくてはいけないわね。あるいは、責任を持って子供たちを預かるためにフレーザーが奥さんを見つけるかのどちらかだわ。そうは言っても、フレーザーには自分の生活があることだし、もし結婚するとなれば……」

もし……レベッカは急に乾いた唇を湿した。フレーザーには結婚を考えるほど深くつき合っている相手がいるのか大おばに尋ねたかったが、尋ねるのが恐ろしい気もした。自分の思いがかなえられる見こみはないとわかっている今でさえも、フレーザーがだれかほかの女性を愛していると聞くのは耐えられない。

「まあ、あなた、すっかり青ざめてしまって。お茶でも持ってきましょうね」大おばが気づかうように言って部屋から出ていった。

レベッカがひとりでいると、居間のドアが開き、聞き覚えのある声が響いた。「レベッカ！　こんなところで何をしてるんだい？　まさか兄さんの怒りがとけて、懐かしき館に戻ってもいいと許されたわけじゃないんだろうね？」

すぐにレベッカは引っ張って立たされ、唇に挑発的なキスを受けていた。身内の者らしさが少しも感じられないロリーのキスと、予想もしなかった再会に彼女はショックを受けた。

二人の子供がフレーザーとともに部屋に飛びこんできたときも、レベッカはまだロリーの腕に抱かれていた。フレーザーがさげすむような目を向けている。

わたしが悪いのではない、ロリーに不意を突かれたのよ、と主張するわけにはいかなかった。まして、ロリーがわたしにことさらなれなれしくしてわがもの顔にふるまうのは、ただフレーザーに当てつけているだけよ、とは言えるはずもなかった。

「恐れ入ったよ、兄さん。気をきかせて、ぼくを迎えるために大好きないとこを呼んでおいてくれるなんて！」

ロリーはいつでもこんなふうにフレーザーをあざけっていたのだろうか。これまで一度も気づかなかった。以前はレベッカもまだ若く、人間関係の裏に秘められた心の動きまでつかむことはできなかった。二人のことは単に兄弟として見ていたし、彼女が常に注意を向けていたのはロリーではなく、フレーザーのほうだったからだ。

「ロリー、ここで何をしている？」フレーザーは弟の言葉を無視し、そっけなく尋ねた。

「ロンドンの本社に来る用があってね。ちょうどいいから二人でちびたちの様子を見に来ようと思ったのさ」ロリーは侮るように続けた。「歓迎してもらえないわけじゃないだろうね？」

「二人で？」フレーザーが力をこめて言った。

「まあね。リリアンは両親に会うんでロンドンに寄ってるが、明日にはここに来るだろう。そろそろこの子たちの様子を見ておいたほうがいいだろうって言うんでね」ロリーは、口もきかず敵意を抱いているようなわが子を指さしながら、うわついた調子で言った。

レベッカは子供たちのことを考え、心の中で泣いた。ロリーは浅はかであるばかりか、残酷でもある。どうして今までそんなことに気づかなかったのだろう。

子供を顧みない、いいかげんな態度がどれほど二人を傷つけているかわからないのだろうか。両親が家に帰ってきたときのことを思い出す。父は彼女とロバートをぱっと抱き上げて思いきり抱きしめ、会いたくてたまらなかった気持や心からの愛情を感じさせてくれたものだ。

ところがロリーは自分の子供に触れようともしないで、レベッカの隣に立ったまま、彼女の肩に手をかけて肌を撫《な》でている。嫌悪感を覚えて体に小さな震えが走り、彼女はそれを抑えようとして歯をくいしばった。

「ここで会えるとは思わなかったとレベッカにも言っていたところなんだ。彼女はこの家にはまだ出入りを禁止されていると思ってたからね」ロリーはさもおもしろそうに笑った。

「いやあ、レベッカが来ているとはうれしいね。リリアンがもうろくしたお母さんの相手をしている間に少しはレベッカと遊べるだろうからね」

レベッカは言葉もなかった。あきれ返るほど身勝手なロリーにただ茫然《ぼうぜん》とするばかりだった。子供たちが父親の言葉に耳を傾けているのに平気なのだろうか。子供に対して自分が何をしているか本当にわかっていないのかしら。

レベッカは子供たちを思い、腹立たしくてしかたがなかったので、フレーザーが何を言っているのかあまり気に留めなかった。自分の名前を口にされたとき初めて注意を集中し、きっぱりと言う彼の言葉を聞き取ることができた。驚いたことに彼はこう言っていた。

「レベッカには君を楽しませる時間なんかないんだ、ロリー」

レベッカは、フレーザーが言葉を続けて、彼女のぐあいの悪いことや病気が治りしだい家に帰すと言ってくれるのを待った。だが、ロリーがよどみなく穏やかに兄に挑戦した。

「レベッカはそんなこと言わないんじゃないかな、フレーザー？　忘れもしないよ、昔はぼくと一緒にいるとそれはもう楽しそうにしていたんだ」

レベッカはあっけにとられた。ロリーがほのめかしているような関係になったことなど一度もない。あとで彼と二人きりになったら、いったいどういうつもりでそんな思わせぶりなことを言うのか問いつめなければいけない。いいわ、ロリーはフレーザーを困らせたいのね。でも、わたしまで二人のけんかに巻きこまれるのはごめんだわ。

「昔はそうだったかもしれない」フレーザーは礼儀正しく言った。「しかし、今はレベッカとぼくとは婚約している」

「婚約！」

フレーザーの言葉を小声で繰り返したレベッカの声は、もっと大きなロリーの怒った声に消されてしまった。

「婚約しているって？　いつから？　ずうっとお互いに見るのもいやな仲だったくせに！」

レベッカが抗議する間もなく、フレーザーがもの静かに答えていた。「昔はそうだったかもしれないがね。だけど、お互いに理解を深めたんだ。ね、君、そうだろう？」

レベッカはフレーザーに手を取られ、キスされるのを信じられない面持ちで見つめているだけだった。肌に押しつけられた彼の唇は温かかったが、目は氷のように冷たく、今の言葉を否定してはいけないと警告していた。

そこに折あしく、大おばのモードがノートン夫人を伴ってお茶を運んできた。

ロリーはその場の様子に仰天している大おばをちらっと見て、フレーザーに皮肉っぽく言った。「驚かされているのはどうやらぼくだけではないようだ。でもレベッカは指輪をしていないじゃないか。婚約してどれぐらいたつんだい？」

「今朝婚約したんでね」フレーザーはとっさに嘘をついた。「いや、ゆうべと言うべきかな」

レベッカは自分に向けられたフレーザーの表情を見てあぜんとし、次いで腹立たしくもなり、顔を真っ赤にした。

「レベッカを失いかけたことがきっかけになって、はっと気づいたんだろうね。それで、レベッカに対する自分の気持がはっきりわかったんだ」

　ロリーは一瞬口をつぐんだが、すぐにレベッカを見て冷たく言った。「そうか。もちろん、君はずっとぼくの兄貴には目がなかったからね。失敗したな、こんなめでたいときにのこのこやってきて、いらないことを思い出させてしまったりして！　実に運がいいよ、兄さんは……ぼくがそう断言できる理由はわかるだろう？」

　レベッカはまじまじとロリーの顔を見つめた。突然の婚約宣言で受けた驚きも、彼の悪意に満ちた言葉の前にかすんでしまった。もしわたしとフレーザーが本当に愛し合って婚約していたとしたら、今の言葉に二人ともどんなに傷つけられていたか。自分の婚約者がかつて弟と愛し合い、結婚の神聖さを踏みにじったことをいやおうなく思い出させられたのだから。

「ところで」押し黙っている二人の顔を見ながら、ロリーが愛想よく尋ねた。「結婚式はいつになるんだい？」

　返事をしたのは大おばのモードだった。「もちろん、レベッカの両親がオーストラリアから帰国したら、なるべく早くにね」

レベッカは驚いて大おばを見た。まさかわたしたちが婚約したと本気で信じているわけではないでしょうね。おばさまにはわかっているはずだわ。だが、大おばの次の言葉を聞いて、レベッカの確信は揺らいだ。

「ロリー、少しは子供たちと一緒にいてあげることを考えてみてはどうかしら。二人に目を光らせてくれる人がいればありがたいんだけれど」

フレーザーと二人きりになって、途方もない突然の婚約宣言について問いただすまでの時間は、レベッカにとっては幾日にも思えるほど長く感じられた。

結局、そのきっかけを作ってくれたのは大おばのモードだった。結婚式の話題も尽きたころ、大おばは不意に、レベッカが疲れた顔をしていると言った。「まだ治りきっていないんですもの。もうそろそろ階上《うえ》に連れていってあげるほうがいいのではなくて？」とフレーザーに促した。

ロリーが片方の眉をつり上げ、おどけた口をきいた。「おばさん、そんなこと言うのはどうかな――二人きりにさせるなんて。ぼくが二人につき添っていったほうがいいんじゃない？」

「いいんだ、ロリー、そんな必要はないよ」フレーザーは静かに言った。

レベッカは足を引きずってドアに向かいながら、冗談めいたロリーの言葉の裏にしだいに激しい悪意がこめられてくるのを自分以外に気づいた人がいたかどうか考えていた。

家に帰れたらいいのにと思う気持がますます強くなった。わたしに反感を抱いているフレーザーに気がねしながらここで過ごすことだけでも憂鬱《ゆううつ》だったのに、今ではロリーまで加わって……。

レベッカはドアを開いて押さえてくれているフレーザーに見られていることも知らず、かすかに体を震わせた。

「寒いのか？」フレーザーがつっけんどんに言った。

「いいえ、別に……」考えていることが顔に表れてしまったらしい。階段の手前でフレーザーがきつい口調で言った。

「やっと自分の過ちに気がついたらしいな。人を理想化するのは考えものだ。ただの人間だと思い知らされるのはつらいものだから。弟が人を傷つけて楽しんでいることは、君にはもうわかっているんだろう？　もちろん、ロリーは焼きもちを焼いているのさ」

「焼きもち？」レベッカは立ち止まってフレーザーを見つめた。「まさか！　どうしてそんなことが言えるの？」

けれども、言ったすぐあとにフレーザーの言うとおりだと悟り、口をつぐんだ。確かにロリーは兄をねたんでいる。ねたんでいるばかりでなく、畏怖《いふ》心も抱いているらしい。

「違うかい？　だって、ぼくは今、ロリーが欲しいと思っているものを手に入れたんだから」

レベッカはフレーザーの言葉を理解するのに少し手間取ったが、その意味がわかると、むしょうに腹が立った。「それで婚約したなんて言ったの？　ロリーがわたしを手に入れたがっていると思ったから？」こらえていた怒りや嫌悪感がいっぺんに声に表れた。「あなたは間違っているわ。ロリーはわたしなんかを望んでいるものですか。本当は……」レベッカはつい本当のことを話してしまいそうになり、あわてて口をつぐんだ。

「間違っているのは君のほうだ」フレーザーは厳しい口調で言った。「ぼくはロリーがどんな目つきで君を見ていたか知っている。八年前、君に言ったはずだ、ロリーは結婚しているのだと。今だって状況は同じなんだ。せっかく夫婦そろって子供に会いに来たというのに、君がいることであの二人の仲に水をさすようなまねはさせられない。君とロリーがかなえられないロマンチックな夢に浸るのを黙って見ているわけにはいかないんだ。だからロリーにぼくたちは婚約したと言ったんだ」

レベッカは言葉もなくフレーザーを見つめた。わたしがロリーとリリアンの結婚生活をおびやかすようなまねをすると本気で思っているのだろうか。「どうかしているんじゃないの！」声が出るようになると、荒々しく言った。「そこまで言うなんて！　あなたがしなければならないのはわたしを帰らせて……」

「それから急いでロリーに君を追いかけさせる？　そんなことを考えているのかい？　ど

こか、だれもいない二人きりになれる場所で、情熱的によりを戻すことを？」フレーザーは声を落とし、冷たくきいた。

レベッカは再び身を震わせた。フレーザーの言うことはあまりにも事実とかけ離れているので滑稽《こっけい》だったが、とても笑う気にはなれなかった。

フレーザーは震えているレベッカを見て、そっけなく言った。「震えているじゃないか」

彼がレベッカに近づいたとき、居間のドアが開いてロリーが姿を見せた。うんざりし、いらだった表情のロリーは、二人を見ると皮肉な微笑を浮かべた。

「まだこんなところにいたのか？　何をもたもたしてるんだい！　ぼくが兄さんだったら、さっさとだれにも邪魔されないレベッカの部屋に連れていっちゃうけどね」

レベッカは怒って体をこわばらせた。昔、兄を嫉妬《しっと》するロリーに利用されたが、再び利用されるわけにはいかない。

レベッカは急いでその場から離れようとしたが、突然、身動きできないことに気づいた。目の前にフレーザーのがっしりした胸が壁のように立ちはだかり、いつの間にか両腕でぐっとかかえこまれていた。

フレーザーがいつもの声とは思えない、くぐもった声できっぱりと言うのが聞こえてきた。「邪魔だぞ、ロリー」

次の瞬間、フレーザーの手がレベッカの顔を包みこんだ。しっかりと押さえつけられ、顔をそむけることもできなかった。レベッカはちらりと彼の目を見た。残忍な険しいその目にはもはや冷たさはなく、驚くほど熱く燃えている。レベッカは抗議しようと口を開きかけたが、唇を押し当てられ、言葉にならなかった。体から力が抜けてしまい、彼にもたれかかった。こんな扱いを受けた驚きと怒りで体が震えている。

ロリーがまだそこにいて二人をじっと見ていることは、レベッカにははっきりわかった。もしわたしとロリーとが本当に愛し合っていたなら、フレーザーが見せしめに演じているこの芝居は幸せな家族関係を取り戻すためには何の助けにもならないだろう……彼女はちらりとそんなことを考えた。

フレーザーはキスをやめようとしなかった。彼の手は髪の中へ滑りこんでいた。体は衰弱し、心には打撃を受けていたが、まるで火を放たれたみたいに熱い血がレベッカの体中を駆けめぐった。体が小刻みに震えているのは怒りのせいではなかった。ウエストのあたりで優しく愛撫《あいぶ》するフレーザーの手が、薄い服地を通してやけどするほど熱く感じられる。

彼はいっそう強くレベッカを抱きしめ、激しいキスで彼女の秘められた欲望をあおりたてた。ロリーが怒ったように居間のドアをばたんと音高く閉めて現実に引き戻さなかったら、思わずうめき声をもらしているところだった。

ドアの音を聞いたとたん、フレーザーはいきなりレベッカを放した。あまりにも突然だ

そう言うだけの勇気がわいてこなかった。

フレーザーは皮肉な目を向け、意地の悪い質問をした。「いったいいつからぼくの気持を気にするようになったんだ？　子供たちのことを考えてごらん、レベッカ。君は、あの子たちには安定した環境やきちんとした家庭生活が必要だと言っていたね。あの二人を助けてやりたいとも言った……君の出番じゃないか。君にはあの子たちの両親の結婚生活を壊さないようにしておくことができるんだ」

フレーザーの言うことももっともだという気がした。大人の目から見ればロリーとリリアンの結婚生活はあまりうまくいっていないかもしれないが、子供にはそれが見えない。子供の立場から言えば、両親が別れずに一緒にいてくれるのは大切なことなのだ。子供には親の離婚はひどくこたえる。それに、あの二人ぐらい傷つきやすい子供たちはいないだろう。

レベッカは死ぬほど疲れ、この数日のストレスで心にも体にも痛みを覚えていた。憂鬱な思いでうなずきはしたが、間違ったことをしているのではないかという不愉快な気持があった。

けれども、もう引き返すことはできなかった。フレーザーがそっけなくこう言ったからだ。「では、いいね、これで合意に達したわけだ。君とぼくとの婚約は成立した」

「一時的によ」レベッカは階段をのぼるために向きを変えながら、疲れたように言った。

「当然だ」フレーザーは礼儀正しく同意した。「それ以外考えられないじゃないか」

まったく、どう考えられるというのだろう。よけいなことを言う必要はなかった。フレーザーは、自分の人生からわたしを追放するときがきたら、このうえなくうれしく思うに違いない。

6

翌朝目を覚ましたレベッカは、病気がひどくなったふりをしてどこか安全で静かな、たとえば病院のような場所に移してもらえるようにしようかと考えた。けれども、ほんの少し考えただけで、その計画には無理があると悟った。

いまだに体に力が入らず、胸にも痛みがあるのは事実だが、体のことよりも、これからの数週間をどうやって切り抜けていったらいいかということのほうが心配だった。

ロリーがここの生活に飽きて、早々に家族を連れて去ってくれるよう祈るしかない。そのときにはわたしもフレーザーから自由になり、自分自身の生活を続けられるようになる。

以前あれほどフレーザーとの婚約を夢見たのが嘘《うそ》のようだ。もっともあのころ望んでいたのはこんな婚約ではなく、ちゃんとしたものだった。あふれる思いに咲き誇る花、鐘の音、愛の誓い……十八歳の娘ならだれもが夢見るようなもの。でも十八のころは過ぎ去り、現実の前に夢もかき消えた。

ベッドに起き上がったレベッカは、警告するような鋭い痛みを胸に感じてたじろいだ。

もう家に帰れるぐらい元気だと皆に言いたかったが、実際にはとてもそんな状態ではなかった。無理をして病状を悪化させてしまった冬のことが思い出される。第一、今さらここを去る口実を考えても無意味だ。引くに引けない状況に立たされてしまったのだから。

寝室のドアが開き、レベッカは緊張した。フレーザーが入ってくるものと思ったが、寝室に入ってきたのはヘレンだった。

思いがけない少女の姿に、しかも忠実な影のようにつき従うピーターが一緒でないのにレベッカは少し驚いた。こんなことは初めてだ。

「フレーザーと結婚するってほんと?」ヘレンはけんか腰で尋ねた。

レベッカは気が重くなった。このときのために心の準備をしておくべきだった。二人の子供、特にヘレンがフレーザーに対して抱いている気持はわかっていたのに、どういうわけか自分の心の動きばかり気にかかり、子供たちの気持を思いやることができなかった。

一瞬ヘレンに本当のことを話そうかと思ったが、やはりそれはできないという結論に達した。フレーザーが芝居を演じた理由を理解するにはヘレンはまだ幼すぎる。

「ほんとよ」と静かに認めた。レベッカは相手がだれであれ人の心を傷つけるのは忍びなかった。特に表面的には負けん気が強くても、実際には非常にデリケートなこの子を傷つけたくなかった。そこで優しく言い添えた。「だからといって、あなたとピーターがフレーザーからだれよりも大事にされていることには何の変わりもないのよ、ヘレン」

冷笑的なはしばみ色の目がレベッカをじろじろと見つめている。

「そんなことないわ！　フレーザーをつついて、わたしたちを学校に追いやるんでしょ。それに、赤ちゃんが生まれて、それで……」

ヘレンははしばみ色の目に涙を浮かべ、うなだれた。レベッカはヘレンが涙を見られたくないと思っていることを理解していたし、意地っ張りな少女を抱きしめて慰めることにもためらいがあったので、高ぶった感情が落ち着くまで彼女を見ないよう目をそらした。

そのとき、開いたままになっているドアからフレーザーが入ってきたので、二人ともびっくりした。彼はうなだれたヘレンを見ると眉をひそめ、レベッカに厳しい目を向けてきびきびと尋ねた。「どうしたんだい？」

「ヘレンが心配しているの。わたしたちが結婚したら、わたしがあなたをそそのかして、ヘレンとピーターを学校に追いやるのではないかって」思わず〝そら、ごらんなさい！〟と言わんばかりの口調になった。

フレーザーの表情から、彼がレベッカの気持を察してくれたのがわかった。だが、ヘレンとレベッカの間の溝はますます深まったようだった。

ヘレンは頭を上げ、けんか腰に言った。「どうせ、あたしたちなんかいなくなればいいって思ってるんでしょ。パパだってゆうべ言ってたもの、おじさんたちはもうあたしたちにはここにいてもらいたくないんだって」

いかにもロリーの言いそうなことだ。けれど、これほどまでに利己的で、思いやりに欠けるとは。単にフレーザーをやりこめたいためにわが子を悲しませるなんて……。

そんなことを考えていたレベッカに、フレーザーの厳しい声が聞こえた。「いいかい、ヘレン。エイスガースはこのおじさんの家なんだよ。君のお父さんのものじゃない。約束しておこうね、君とピーターはいつでもここにいていいんだよ」

「この人と結婚しても？」ヘレンはレベッカを無視し、片足でカーペットをこすりながら尋ねた。うつむいたままで攻撃的な声を出していたが、荒々しさの中にも、安心させてもらいたいという絶望に近い訴えが感じられた。

レベッカはヘレンを哀れに思った。ロリーとリリアンは実の子にどうしてこんなことができるのだろう。子供たちからどれほど必要とされているのかわからないのだろうか。フレーザーが愛情を注ぎ、彼らの心の支えになるのは間違いだ。たとえ彼が心からいつくしんでいたとしても、子供たちは両親から愛され、支えてもらわなければいけない。

「もちろん。レベッカとおじさんが結婚したらなおさらだよ」

フレーザーはきっぱりと言ってから、ベッドに近づき、レベッカの手を取ってきつく握りしめた。もう一方の手をヘレンにさし出すと、意外にも少女はフレーザーに歩み寄り、喜んでその腕に抱き寄せられた。

「レベッカとおじさんは君とピーターがいつまでもここをうちだと思っていいと約束す

るよ。ね、レベッカ？」

レベッカは聖書を手に誓いを立てるように、おごそかに優しく言った。「ええ、約束するわ」

必死の思いでいるヘレンの心を考えると、不安も反感も忘れた。今はフレーザーと一緒にヘレンを安心させ、この家にはいつでもヘレンだけの特別な場所があるのだと納得させてやることが何よりも大事だ。

ヘレンは逃げこんだフレーザーの腕の中から用心深く尋ねた。「でも、おじさんとレベッカに赤ちゃんができたらどうなるの？」

ほんの一瞬沈黙があった。レベッカは、フレーザーの手に力がこめられたような気がしたが、それが単なる想像にすぎないのかどうかはわからなかった。けれども、ヘレンの無邪気な言葉に予想外の激しい反応を示して、自分の脈拍が急にはね上がり、呼吸も浅く乱れたのは事実だった。

子供……フレーザーの子供。レベッカの体は、実際にその子供を宿しているようにうずき、こわばった。

そんな気持を振り払い、フレーザーの言葉に注意を集中しようと努めた。

「そのときには、子供たちにここでどんなふうに暮らしたらいいか、いろんなことを君たちから教えてもらわなくてはいけないね。でも、高価なジャケットを貯水池にほうり投げたりするのは教えてもらいたくないな」フレーザーはからかいながらも厳しく言ってから、優しく続けた。「おじさんたちに何人子供ができたって、関係ないんだよ、ヘレン。君たちを愛する気持は変わらないからね」

ヘレンがわっと泣きだし、フレーザーの胸に顔をうずめると、レベッカも思わず涙ぐんだ。フレーザーはすばらしい父親になれるだろう。子供の求めにこたえる術《すべ》を本能的に心得ているようだ。

ヘレンがこのすばらしいニュースを伝えるためにピーターを捜しに行ってしまうと、レベッカは初めて静かに言うことができた。「あの子はずっとそのことが気になっていたのね。あなたを失うのではないかと不安でしかたなかったんだわ」

「あれはぼくの偽りのない言葉だったんだ。あの子たちはいつでもここにいられるようにしてやるつもりだ。とは言っても、やはりロリーとリリアンが子供とのきずなを深めなくてはいけない。少しでも早いうちにそうしたほうがいいようだ」

「リリアンが来るのはいつになるの？」

「さあね。ロリーの話だと、二、三日実家にいるだけらしい。今度、ここに来ると決めたのはリリアンだそうだ。確かに、ロリーが自分から進んで子供と一緒に過ごそうとするわけはないからね」フレーザーの声がとがった。「あの子たちは、生まれてから一度だって気の毒本当の家庭の温かさを味わったことがないんじゃないかな。思えばリリアンだって気の毒な立場にある。夫婦関係が壊れる覚悟で子供たちと一緒にイングランドに残るか、さもなければ、ロリーについていき、子供たちとの別居に耐えなければならないのだから。君がリリアンだったら、どっちを選ぶ、レベッカ？」

フレーザーがけんかを売るような尋ねかたをしなかったのはこれが初めてだ。

「わからないわ」レベッカは正直に答えた。「もちろん愛する男性と一緒にいたいでしょうし……そう願わない女性なんているかしら？　でも、やっぱり自分のことより、子供の願いを第一に考えるでしょうね。わたしたちの母は、なぜ父がしょっちゅう外国に行っているのか、なぜ母が父と一緒にいなければならないのか子供が理解できる年になるまでは、兄やわたしと一緒に暮らしてくれたわ」

「ご両親は君たちが安定した気持でいられるよう努力を惜しまなかったんだね」

「ええ。それに、わたしたちは両親が離婚して別々の道を歩むんじゃないかと心配しながら暮らす必要はなかったわね」

「ピーターとヘレンは気にしているとでも思うのか？　何を根拠にそんなことを言うんだい？　ロリーがリリアンとの離婚を考えていると君に話したのか？」

「とんでもないわ。わたしはただ、あの子たちには両親が問題をかかえているとわかっているのではないかと思っただけよ」

「それはどうかな。子供はえてして聞きたいことだけを選んで聞こうとするからね」

「大人でもそういう人がいるわ」とレベッカは声をひそめてつぶやき、それからフレーザーにきいた。「何かわたしに用があるのかしら？　そうでなかったら、着替えたいので、ひとりにしていただけない？」

「いや、特に用はないが……ただ」フレーザーは穏やかに言いながら身をかがめ、何の前触れもなく唇にキスした。

レベッカは不意を突かれ、防ぐ間もなかった。喉に置かれたフレーザーの手がナイティの襟を押し広げ、指で鎖骨をたどって、丸みのある肩をそっと包みこんだ。

レベッカは唇をふさがれたまま力なく抵抗し、彼から身を振り離そうとした。もがいているうちにナイティのボタンがいくつかはずれて、部屋に飛び散った。

「ひどいもんだ、おばさんが見たらどんな顔をするかな！」皮肉まじりにあざけるロリーの声がレベッカをぞっとさせた。「ずいぶんとのぼせているじゃないか、フレーザー。ドアを閉めようともしないなんて！」

ロリーは横柄な態度で部屋に入ってきたが、床に目を落とすと眉をひそめた。

「のぼせているだけじゃなく、乱暴だね」彼はボタンを拾い、平然と背中を向けているフレーザーに言った。「そんなことしなくてもいいのさ。ぼくなんかいつだって……脱いでもらっていたんだから。そうだったよね、レベッカ？」

彼女はフレーザーが動かないでいてくれるよう必死に祈った。抵抗しているほんの少しばかりの間にナイティの前がすっかりはだけてしまった。今、彼に動かれたら、あらわになった胸をロリーに見られてしまうだろう。

　フレーザーが振り返ろうとするのを感じ取り、レベッカは手を伸ばして必死の思いで彼の腕をつかんだ。

　フレーザーがけげんな顔になったのが目に入る。じっと見つめられたが、動いてもらいたくない理由を話すわけにもいかないので、そのままそこにいてほしいと無言で頼んだ。

「出ていくんだ、ロリー」フレーザーはレベッカの目を見つめたまま厳しく言った。ロリーがおとなしく言われたとおりにしてくれたので、彼女は震えるようなため息をもらした。

　フレーザーはロリーが階下へ下りていく音が聞こえるまで待ってから、険しい顔で問いつめた。「まだあいつをかばっているのか？　愛するのをやめたわけじゃないんだね？」

　フレーザーはレベッカから離れようとした。彼女はそんなことはないと否定するように首を振りながら、かすれた声で言った。「思い違いだわ。わたしは……」

「思い違い？　それならなぜあんなふうに頼みこむような目つきをしたんだい？」

　フレーザーが体を離したときにレベッカはあわててナイティの前をつかもうとしたが、彼に手を押さえられてしまった。フレーザーはむき出しになった胸を見て、眉をひそめた。

　さっきは、フレーザーを押しのけようとするうちに着古したナイティのボタンが取れてしまっていたので、彼に動かれたら胸をロリーに見られるところだった。ところが、今は、あらわな胸もとを見つめているのはロリーではなく、フレーザーだった。

レベッカは両手を押さえられ、胸を隠したくてもどうすることもできなかった。

「こんな姿をロリーに見られたくなかったから、ぼくを引き止めたのか?」

心の底から驚いているような言いかただった。その言葉にレベッカはむっとし、恥ずかしさも忘れて気色ばんだ。「そのとおりよ。それがそんなに驚くことなの?」

「だって君たちは愛し合う仲だったじゃないか」レベッカの胸を見つめるフレーザーの声には、いつもの険しさがなかった。「それとも、こんなふうにぼくに脱いでみせているなんてロリーに知られたくなかったのか?」

レベッカはフレーザーの言葉にショックを受け、またそんなふうに傷ついた自分にもショックを受けた。「脱いでみせたりしていないわ! はずみでそうなっただけじゃないの」

「ロリーはそうは思わなかっただろうね」

突然、レベッカはもうたくさんという気持になった。「ロリーがどう思ったとしてもかまうものですか! それにあなたがどう思おうと関係ないわ!」それは本心ではなかった。「わたしが恥ずかしい思いをするとわかってくれないのなら、それはあなたが悪いんで、わたしが悪いわけじゃないわ」

「確かに、ぼくを抱きしめていたいから必死でしがみついているんだとは思わなかったけどね」フレーザーはそっけなく言った。「それに恥ずかしい思いをするとかいう話は……」

手を離した拍子に、フレーザーの指があらわになったレベッカの胸に軽く触れた。そのとたん心臓がとまり、彼女は麻痺《まひ》したようにぼうっとなった。

フレーザーはうろたえながらも熱い反応を示したレベッカを見てけげんな顔をした。不意に彼の息も乱れて目の色が濃くなり、沈黙が重く二人を包みこんだ。

窓の外でつぐみがさえずり始めた。その鳴き声が静寂を破り、緊張をといてくれた。レベッカは急いでフレーザーから離れ、身をかばうようにナイティをかき合わせた。

彼はレベッカから目をそらし、立ち上がりながらぶっきらぼうに言った。「今日は寝ているほうがいいんじゃないかな」

「わたしをロリーから遠ざけておくため?」彼女は手厳しくやり返したが、だれもいない部屋に向かって言っただけだった。フレーザーはもうすでに立ち去ってしまっていた。

いずれ、すっかり元気になったら、この問題をじっくり考えてみよう。フレーザーになぜこんな気持にさせられるのか、以前と同じように今でも彼に魅力を感じていて、だれに対するよりも熱く危険な気持にさせられるのはなぜなのか、と。

唯一の慰めは、少なくともフレーザーが本当はわたしからどう思われているのか気づいていないらしいということだ。

7

だからといってそれが大きな慰めとなるわけではない。あれこれ思いわずらううちに、レベッカはこれ以上今までのことを考えていたら、気が変になるような気がした。

フレーザーが部屋を出ていってからまだ一時間もたたないけれど、起きることにした。家には大勢の人がいて仕事がたくさんあるのに、ベッドでひとりやすんでいるのは自分本位で許せないもの、ともっともらしい口実をもうけた。ノートン夫人は有能な家政婦だが、とにかく仕事が多すぎる。フレーザーに大おばのモードと二人の子供、それにロリーとわたしが加わり、もしかすると、そのうえさらにリリアンが来るかもしれないのだから。どんな手助けでも喜ぶに違いない。

ところが、ノートン夫人はそうは考えていない様子だった。レベッカが手伝いを申し出ると、フレーザーから寝ていなければいけないときつく言われているのに、手伝うなんてもってのほかだと言って、きっぱり断った。

「フレーザーにとやかく言われる筋合いではないわ」レベッカはノートン夫人に冷淡に言

った。けれども、ロリーのおもしろがっているような声が聞こえたとき、そんなあからさまな言いかたをしなければよかったと後悔した。

「ぼくが君だったら、フィアンセになったばかりの人にそんなことを言っているのを聞かせたくないけどね。それはそうと、どこにいるんだい、兄さんは？」

レベッカはわからないと答えるしかなかったので、ノートン夫人が助け船を出してくれたときにはほっとした。

「研究所にお出かけですけど、昼食には帰っていらっしゃるそうですよ」

「何てやつだ、行く先も告げないで君をほうっておくなんて」とロリーはつぶやき、レベッカをつかまえてドアのほうへ連れていった。「ノーティはぼくらがいると邪魔らしい。それに、君とちょっと話したいこともあるし」

レベッカは答えにくいことをきかれるのではないかと不安になり、体をこわばらせた。ロリーと深い関係にあったという作り話をなぜいまだにフレーザーに打ち明けないのか、ときかれるような気がした。婚約しながら真相を告げないのは不自然すぎるからだ。

レベッカは、フレーザーが婚約劇を演じとおすつもりでいることを知ってからは、このことがずっと気になっていた。確かに、本当に愛し合う仲になり、結婚を目前に控えているとすれば、ロリーとの作り話の真相を真っ先にフレーザーに話していたに違いない。

けれども、先ほどロリーがわざとわたしとフレーザーの仲に水をさそうとしたことから判断すると、彼はわたしたちが実際に婚約しているものとあっさりと受け止めているようだ。男の人って、何て奇妙なんだろう。

レベッカはそんなことを考えながら、しかたなくロリーについていった。彼が入っていったのは居間ではなく、古風な、少しむさくるしい感じのする書庫兼書斎だった。この書斎はフレーザーがだれの妨げも受けずに安らぐ部屋だ。

彼の留守中に書斎に入るのはまるで不法侵入するようで、あまり快い気分ではなかった。ロリーにはそんな不快感はないらしい。それでも、レベッカが見ていると彼は昔風の両袖《そで》机の向こうにある大きな椅子には座らずに、暖炉の両側に置かれた二つの椅子の一方に腰を下ろし、彼女にはもう一方の椅子を勧めた。

「わたしと話したいことって何かしら、ロリー?」レベッカの頭に、もしかするとロリーがフレーザーとの婚約の真相を見破っているのではないかという思いがよぎったが、彼の話は意外なものだった。

「子供のことで話したいんだ。寄宿学校に入れなくてはいけないってモードおばさんがうるさくてね」ロリーは顔をしかめ、むっつりと言った。「フレーザーに預けていったことをいつまでもうるさく騒ぎたてて。君なら経験もあるし、子供をどこに入れたらいいか相談するには打ってつけの人だと思ったんだ」とレベッカのほうへ椅子を引き寄せた。「リリアンのやつったら会社に頼んでこっちの勤務にしてもらえばいいなんてくだらないことを言いだすから、ぼくも言ってやったのさ――母親役を演じて暮らしていきたいんなら、勝手にやってくれってね。ぼくは抵当や郊外の生活に縛りつけられるなんてのはまっぴらだ」

一瞬、レベッカはあぜんとし、返す言葉もなかった。子供のころ、ロリーのことは好きだったが、彼との間にはいつも一定の距離が置かれていた。レベッカにとってロリーはフレーザーの弟でしかなかったし、彼女の心はフレーザーにだけ向けられていたからだ。今、幼なじみという感傷を抜きにしてロリーを見ると、その不愉快な姿がはっきり見える。

しばらくしてレベッカは立ち上がり、きっぱりと言った。「子供たちの責任はあなたが負うべきでしょう、ロリー。はっきり言って、あの子たちを寄宿学校に入れるべき理由としてわたしに考えられるのはただ一つ――あの子たちが自分の父親の本当の姿に気づいたときのショックから守ってあげるためよ！」

レベッカが部屋から出ていこうとすると、ロリーは手を伸ばして、彼女の手首を痛いほどぎゅっとつかんだ。

「レベッカ、待ってくれよ」ロリーはドアに背を向けて立っている彼女にしつこく迫った。「頼むよ、説明させてほしいんだ」ふとなぜか急に楽しそうな目つきになり、レベッカを自分のほうへ引き寄せようとした。

キスをするつもりなんだわ。はっとしたとき、フレーザーの声がした。

「昼食だ」氷のように冷たい声だった。

口まで出かかっていたレベッカの抗議の言葉は声にならなかった。彼女がくるりと向きを変えると同時に、ロリーが手を離した。

自分の部屋にいるようにフレーザーから言われていたことを思い出して気がとがめ、顔が赤くなった。いかにもすまなそうなロリーの言葉が聞こえてくるまでは、度を失っている様子をフレーザーがまったく思い違いして解釈するかもしれないなどとは考えもしなかった。

「どうしよう、レベッカ、ごめんよ！」とロリーは言い、それからフレーザーに向かって訴えた。「いいね、兄さん、早合点しないでくれるね。レベッカとは遠い昔を思い出していたんだ。話をつけておかなくちゃならないことがあっても当然だろう?」

レベッカは自分の耳が信じられなかった。今朝の一件に加え、こんなことまでして婚約を妨害しようとするとは……。彼女は当惑してフレーザーを見つめ、口ごもりながら弁解した。「子供たちの寄宿学校のことでロリーから意見を求められたものだから……」

「言うだけむだだよ、君。それで兄さんが納得するとは思えないし」ロリーは言い、二人には口出しする間も与えずにのんきなことを口走った。「ノートンさんは覚えていてくれてるかな、ぼくがあの人のグーズベリーパイが大好きだったことを」

ロリーは口笛を吹きながら部屋から出ていった。レベッカは当惑してフレーザーを見て、不安げに言った。「どんなふうに見えたかわかっているわ。でも、誓って言うけど、わたしたちが話していたのはあの子たちのことだけなのよ」

「今はそんなことを話してるわけにはいかない。食事が冷めてしまう。ノートンさんはしなくてはならないことがいっぱいあるんだから、食事を温め直したりさせたくないんだ」

「わかっているわ」レベッカは答えて、フレーザーが開けて押さえてくれているドアから出た。「さっきお手伝いしようかと思ってノートンさんに声をかけたんだけど、わたしは寝ていなければいけないとあなたから聞いているから、と断られたわ。わたしは病人じゃないのよ、フレーザー。ノートンさんは仕事が多すぎるんですもの、少しぐらい手伝っていくらかでも楽にさせてあげたってだいじょうぶよ。わたしはここに働きに来たのに」

「その仕事はまだ終わったわけじゃない」

フレーザーの言葉にレベッカはびっくりした。

「でも、もうロリーも来ているんだし、子供たちは……」

「かまってもらえないだろうね、ロリーがいないときと同じさ。ロリーには父親の役割はうれしいものではないようだ」

レベッカはフレーザーと同意見であるにもかかわらず、思わずかばうように言っていた。

「子供が生まれたときにロリーがあれほど若くなかったとすれば……」

「必ずロリーをかばってやるんだね？　君は踏みにじられ、愛人呼ばわりされても、それでもロリーをかばった。君にロリーの本当の姿をわからせるためにはどうすればいいんだい、レベッカ？　君はロリーなど愛していないと言っているのに」

「愛していないわ」レベッカは急いで言ったが、その言葉に本心が表れてしまったのではないかと気づき、言わなければよかったと思った。いずれにしても、フレーザーがどう思おうとかまうことはないけれど。


昼食は重苦しい空気に包まれていた。二人の子は精いっぱい父親との間に距離を置き、体を丸めて座っている。急にひどく小さく、痛々しい感じを受ける。

「リリアンはいつごろ来るんだい？」食事が終わったとき、フレーザーがロリーにきいた。

「二、三日って言ってたけどね」ロリーはテーブルの反対側にいるレベッカに目を向け、誘った。「今夜一緒に出かけない、レベッカ？　どこかで食事でもどう？」

彼女が返事をする前にフレーザーが間に入り、静かに言った。「レベッカとぼくは、今夜食事をする約束をしているんだ」

早速大おばのモードがけげんな顔で言った。「今夜出かけるなんて、ひとことも聞いていませんよ、フレーザー」

「出かけることになったのもついさっきでしたから。同僚がレベッカとぼくを食事によんでくれたんです。越してきたばかりなので、奥さんが友達を欲しがっているらしい。別に改まった集まりじゃないんだけど……」フレーザーはレベッカのほうを向いて、いかにも優しい口調で言った。「よかったらあのブルーの服を着てくれないか。ぼくがプロポーズした夜に着ていた服だ。あれを着ると、君の瞳の色が野に咲くヒヤシンスの色になる」

子供たちも聞き耳を立てているというのに。二人が好奇心をのぞかせ、あれこれ臆測《おくそく》しながら目を丸くしているのも無理はない。まったく、フレーザーったら！　レベッカは腹立たしく思いながらも、自分の白い肌が赤くならないでくれるよう祈った。

「失礼しますよ、モードおばさん」フレーザーは立ち上がり、レベッカの手を取った。「二人でちょっと話したいことがあるので」

レベッカは気が重くなったが、その場はおとなしくフレーザーに従って部屋を出た。そして、声の聞こえないところに来てから、憤慨して問いつめた。「なぜ今夜出かけるふりなんかしたの？」

「ふりをしたわけじゃない。本当に出かけるんだ」フレーザーはレベッカの怒りを無視し、静かに言った。そして書斎の外で立ち止まり、彼女を見た。「いや、ここではだめだ。こっちだ」

レベッカは階段に向かっていくフレーザーに顔をしかめ、黙ってついていった。

彼はレベッカが追いつくまで待ってから、廊下を先に立って進み、寝室の一室のドアを押し開けた。中に入ってドアが閉められたとき初めて、レベッカはここがフレーザーの寝室だと気がついた。

思わずドアのほうへ戻ろうとしたが、フレーザーが間に立ちはだかっていて、逃げ道はなかった。

彼はレベッカが真っ青になり、それから暗い顔つきになるのを見守り歯をきしらせるように言った。「芝居はやめるんだね、レベッカ。心配することなんか何もないんだ。だれにも邪魔されないと思ったからここに連れてきただけだから」

「だってわたしたち二人がベッドにいるとロリーに勘ぐられるじゃないの！」レベッカはつめ寄った。

フレーザーは眉をつり上げた。「ロリーに？　ぼくは注意しておいたはずだよ。君がロリーとよりを戻すのを黙認するつもりはないと。それなのに、さっき書斎に入ってみると、明らかに……」

「ロリーがあそこへわたしを連れていったのは子供たちのことを話すためよ」レベッカはかっとして抗議したが、すぐに顔をしかめた。「ロリーってどうなっているのかしら。すごく利己的だとわたしが責めたので険悪な雰囲気になっていたのに。突然ころっと態度を変えて、まるで……」

「恋人同士みたいにふるまった」とフレーザーが皮肉たっぷりに彼女の言葉を補った。

「嫉妬《しっと》しているとしか見えないね」

「嫉妬？　でも、どうして？」

フレーザーはレベッカには理解できない表情をちらりと浮かべた。彼女の言葉に傷ついたようにも見えた。だが、すぐに口もとをこわばらせてぶっきらぼうに言った。「ぼくをねたんでいるに決まっているじゃないか。ぼくが君と婚約したからだよ。ぼくがロリーに代わって君の人生の相手を、そして……ベッドでの相手を務めることになったということにさ」

一瞬、レベッカはフレーザーのその言葉にはっとするようなうれしさを覚えた。フレーザーがわたしの愛の相手を……でも、それは夢にすぎない。現実は見てのとおり話にもならず、苦悩に満ち、いまいましい限りだ。

「でも、ロリーとわたしは昔……」

レベッカは自分が言おうとしていることに気づき、あわてて口をつぐんだ。

「君とロリーが、昔どうだったというんだい？」フレーザーはうなり声を出した。「もうずっと前に、きれいに別れたとでも？　ロリーはそうは思っていないようだ。今でも君を手に入れたがっているよ、レベッカ。それは君だってぼくと同じようにわかっているじゃないか。もし君にロリーの奥さんや子供たちを気の毒に思う気持が少しでもあるのなら、君は……」

フレーザーは不意に顔をしかめ、ドアのほうをちらりと見ると、制止する間も与えずにレベッカを抱き上げ、ベッドの上に下ろした。そして、猛烈に怒りながら起き上がろうともがいている彼女の隣に座った。

「黙って！」彼は、憤りをぶつけようと口を開いたレベッカに向かって言った。「外にいるのはロリーじゃないか？」

「ロリー？」今朝ロリーに邪魔されたときのことを思い出すと、胸がいやな感じにどきどきし始めた。ロリーの口笛が聞こえる。レベッカは彼が入ってくるのではないかと息を殺し、みぞおちのあたりを締めつけられる思いでいた。

「レベッカ」

フレーザーの声を聞いて彼のほうに顔を向けたレベッカは、すぐ近くに彼がいるのを見て目を丸くした。あまりにも近くなので、その気になれば手を伸ばして、顔に触れることもできる。そして、すでにうっすらとひげが伸びてきている肌を指でなぞることも……。

「レベッカ」

フレーザーがキスをするのがわかった。わかっていながら、キスをかわそうともせず、唇が触れたときにはただ震えているだけだった。

レベッカの手は無意識のうちにフレーザーにしがみつこうとしたが、用心しなさいという警告が脳に伝わった瞬間、さっと下ろされた。けれどもフレーザーはその小さな動きを見ていた。彼はたくましい指をレベッカの手首に回すと、どきどきとひどく乱れた脈を伝えるあたりをゆっくりとさすり、それから彼女の両腕を自分の首に回させた。

「力になってほしいんだ、レベッカ」とフレーザーは真剣な口調で言った。「もし本当にもうロリーを愛していないのなら、そして本当にロリーの結婚生活を救ってやりたいと思っているのなら、これは芝居でないと見せかけるよう協力してくれるね。君は心からぼくを望んでいるのだとロリーが少しも疑わなくなるように」

遠くのほうでロリーがまだ口笛を吹いている音が聞こえてきたが、レベッカの全神経はフレーザーのささやくような声を聞き取ることだけに向けられていた。

フレーザーに抱きしめられ、レベッカは小さなうめき声をもらした。それを同意の印と受け取ったのか、彼のキスが激しくなった。遠い昔、レベッカが夢見たような情熱的なキスだった。

レベッカの心から防御の壁が取り払われた。目もくらむ高い絶壁から落ちていくような気持になっていた。ひとたび落ち始めたら、決して止まることはできない。

レベッカは熱いキスにすべてを忘れた。フレーザーのたくましい、ほてった体に手を触れることができる喜びに酔った。彼が着ているコットンシャツを押し広げ、鎖骨にのせたてのひらを肩まで滑らせた。フレーザーがますます狂おしくキスをしながらブラウスのボタンをはずし、薄いレースのブラジャーに手をかけたとき、彼が何をしようとしているのか初めて気づいた。

「フレーザー」

レベッカは抵抗したが、彼は聞いていなかった。

「フレーザー！」レベッカは今度はもっと強く抵抗した。彼を受け入れたいと思いながら、その一方では緊張し、体を震わせていた。フレーザーに触れられ、見つめられる喜びにこのまま熱い反応を示したら、彼に対する気持はすぐに悟られてしまうだろう……そう思うと気が気ではなかった。

レベッカはフレーザーの注意をそらそうとして手首を強く引っ張ってみたが、無視されてしまった。

彼は見たこともない情熱的な目でゆっくりとレベッカの顔を見つめながら抱きしめた。

「ぼくの体で君を感じたいんだ……君のすべてを」レベッカの耳に苦しそうなうめき声が聞こえた。「君に触れて、君を確かめたい……」

フレーザーも震えていた。震えながら、荒々しく体を押しつけ、燃え上がった思いを伝えた。

「レベッカ、君の何がこんなふうにさせるのだろう、ロリーもぼくも……」

ロリーの名前を聞いたとたんレベッカの熱は冷めてしまった。フレーザーを求める気持も瞬時に冷め、彼女は氷のように冷たい現実に愕然《がくぜん》としながら震えていた。

「ロリー」レベッカはおぼつかない声でようやくささやいた。

フレーザーが顔を上げ、彼女を見た。ロリーのことは何とも思っていないと言うつもりだったが、彼は違う意味に受け取った。

「違う。ロリーじゃない！　ぼくはフレーザーなんだ」

レベッカがそうではないと言おうとしたとき、フレーザーの熱も急に冷めてしまったようだ。彼は即座にレベッカを放すと寝返りを打って離れ、ベッドの端に腰かけた。

「悪かった」フレーザーはブラウスのボタンを留めようと苦労しているレベッカに向かって短く言った。彼女の指はなぜか急にこんな簡単なことができなくなってしまったらしい。

フレーザーはレベッカに目もくれなかったが、だからといって別にどうでもよかった。危うく本心をさらけ出してしまうところだったと思うと、屈辱を覚えた。

フレーザーの場合は違う。彼は男性なのだから、わずかな愛情も抱いていない相手であっても、体が熱い反応を示すこともある。

「階下《した》に戻ったほうがいいでしょう」とレベッカは言った。ベッドから下りるときにさし出してくれたフレーザーの手も無視し、慎重に反対側に移動してから、そこに下り立った。ぐったりし、ふらつく感じがするので、体を支えるためにベッドに寄りかかっていなければならなかった。

フレーザーが振り返ってこちらを見たが、レベッカにはその目の表情は読み取れなかった。ただ、彼が精神的にまいっているらしいのを見て、同情で胸がいっぱいになった。

フレーザーは自分で正しいことをしているると思っているのだろう。頼りない父親から二人の子供をかばい、ロリーとリリアンの結婚生活を守ろうとして……。

それなのに、意思に反してレベッカに欲望を覚えてしまったので、そんな自分に戸惑い、打ちのめされた気持でいるに違いない。

「悪かった」彼は繰り返して言った。「信じてもらいたい、ぼくはこうなるとは……」

「やめて！」

レベッカは粉々になった自尊心に追い討ちをかけるような言葉を聞かされるのはいやだった。フレーザーがわたしとだけは深い関係になりたくないと思っているのを知ることと、彼の口からそう聞かされるのとはまったく別のことだ。

「いいのよ」と急いで言った。「わたし……よくわかっているわ」

「わかっているだって？」フレーザーの手厳しい言いかたにレベッカは傷つけられた。

「弟にはほかにも感謝しなくてはいけないことがあったわけだ。君の言うとおり、そろそろ階下に下りたほうがいいな。モードおばさんは婚約中のカップルの品行には昔風の考えを持っているからね」

レベッカは顔をしめかた。「あら、おばさまには本当に婚約したわけじゃないと話しておくと言ってらしたでしょう？」

「考え直したんだ。ロリーに本当のことを知らせてはいけないと言っておばさんに負担をかけるのは考えものだと思って。今だって十分問題をかかえているんだ。もう若いわけでもないし……。こんなことを言ってるのを聞いたらかんかんになるかもしれないけど、おばさんの記憶も昔ほど確かではなくなっているからね。うっかり忘れて、本当のことをもらしかねない」

レベッカは大おばに相談もしないで決めてしまう独断的な態度に文句を言いたかったが、公平に考えると、大おばに対するフレーザーの考えかたは間違っていないと認めざるをえなかった。

彼女は寝室のドアを開けてくれるフレーザーを見ながら、つらい思いで考えていた。わたしに対しては決して容赦しないフレーザーなのに、ほかの人たちにはなぜこれほど同情を寄せ、思いやりを示し、弱点を大目に見られるのだろう。ロリーに対してさえそうだ。けれども、そのときレベッカは思い当たった。二人の子供や大おば、ロリーたちとは違って、わたしは彼から何とも思われていないのだ。せいぜいほんのいっとき熱い欲望を感じたぐらいなんだわ。それなのにわたしは、彼に恥ずかしいほどの反応を示してしまった。

階段の途中でレベッカは振り返り、口早に言った。「今夜のお食事のことだけど、本当に……」

「もちろん出かけるさ」フレーザーは横柄に答えたが、すぐに口調をやわらげて言い添えた。「アラン・チャマーズの奥さんがぼくたちのためにわざわざ準備して待っているだろうからね。あの人は寂しいんだよ、レベッカ、とても友達を欲しがっている」

「でも、わたしはいつまでもここにいるわけではないんだから」とレベッカは反対しかけたが、フレーザーの目に奇妙な表情がのぞいたので、口をつぐんだ。

「向こうはそんなことは知らない。ぼくたちが婚約したと思いこんでいるんだし。招かれたのに断ったりしたら、アラン本人を拒絶されたものと勘違いするだろう」

レベッカはそんな説明は聞いていなかった。フレーザーをじっと見つめ、問いただした。

「わたしたちが婚約したなんて、どうして知っているの？　だれも知らないのよ、ここのエイスガースの身内以外は」

一瞬、フレーザーはヘレンが何かくわだてるときと同じ表情を浮かべた。レベッカは疑いを抱いたが、まさかと思って急いで打ち消した。フレーザーが自分から進んで婚約したと話すわけがない。

「ノートンさんは知っているじゃないか。だから、たぶん、アランも」とフレーザーは穏やかに言った。「こういうことはすぐ知れ渡るものさ」

「だって、研究所はここから二十キロも離れているのよ」レベッカは抗議したが、心の中では、それほどむきになってこだわることではないと思っていた。

「アランにどうやって知れたか、そんなに気になるのかい？」険しい声で尋ねたが、フレーザーは急に疲れた表情を見せた。「君がいやだと言うのなら、何とか言いわけを探してみるよ。それに、お昼から先生が往診にみえるそうだね？　まだ出かけるのは無理だと言われるかもしれないし……」

矛盾した話だが、レベッカは断るには絶好のチャンスが訪れたのに思わず不機嫌に口走っていた。「もちろん、だいじょうぶと言われるわ！　もう本当にどこも悪くないんですもの」

「本当に？」フレーザーはそれとなく皮肉をこめて尋ねながら不意に手を伸ばし、レベッカの顔を包みこんだ。「ひどく顔色が悪いじゃないか。さっき君が気絶しそうに震えていたのは、ロリーじゃなくて、ぼくに抱かれていたと気がついたからなのかい？　もしそうなら、そんなことは忘れるんだ。ぼくたちはもう、若く愚かな時代は過ぎたんだからね」

階段を下りると、フレーザーはホールに現れた大おばに、昼から会合があるので出かけるが、夕方には帰ってくると話した。

レベッカは、出かけていくフレーザーをいつもの当惑した思いで見送っていた。確かにわたしはもう若くないのだから、望んでくれない男性に夢中になって、時間をむだにしている暇はない。

「名残惜しいというわけか！」ロリーが居間に入ってきて、フレーザーをじっと見送っているレベッカを見てなじるように言った。「申し分のない幕切れだね。でも、まだ結婚したわけじゃないんだよ、レベッカ。ぼくがここにいれば、いばりくさった品行方正な兄さんは、忘れてしまいたいと思っていることを思い出さずにはいられまい。君が最初はぼくの恋人だったという事実を認めるのは不愉快だろうね」

レベッカは不愉快そうに眉をひそめてロリーのほうを向いた。「よくわかっているでしょう、わたしたちは一度だって恋人だったことなどないのよ！」

「わかってるさ、君もわかってる。ところが、フレーザーにはわかっていない。ぼくが最初に君をものにしたと知るのはいやだろうね」と残酷に言い放った。

「そんなの嘘《うそ》だわ！」

「フレーザーは信じているんだ」ロリーはレベッカのやり場のない怒りをおもしろそうに見ながら、猫撫《な》で声で言った。「そうじゃないんだとまだ納得させられないみたいだね？それに、もちろん、それを証明してみせることもできない」

そうだろうか？　ロリーが恋人だったことなど決してないとはっきり証明できる方法は一つあるが、肝心のフレーザーがわたしの過去にはまるで無関心なのだから、話にならない。

「ロリー、なぜこんなことをするの？」レベッカは穏やかに尋ねた。「どうしてわたしたちの……婚約を壊したいの？　どうしてこれほどわたしを苦しめたいの？」

「君を苦しめる？」ロリーは苦笑いをした。「たまたま君だったというだけのことさ。もちろん、フレーザーがぼくたちは愛し合う仲だったと今でも信じているから、ほかの女性じゃなくて君だったのはとても好都合だったけどね。察しのいい君ならもうわかっているだろうが、ぼくがフレーザーに兄弟愛を抱いているなんて思ってもいないだろう？　あるのは憎しみだけと言ったほうがぴったりくる」

「でも、なぜなの？」

ロリーは肩をすくめた。「兄さんにきいてみたらどうなんだい？　フレーザーは、最初、ぼくがリリアンと結婚しないように懸命に引き止めた。そんなふうにされなかったら、ぼくは彼女と結婚しなかっただろうな。そのくせ、ぼくが結婚したのは失敗だったといさぎよく認めようとすると、フレーザーは急に態度を変えて、結婚生活は続けなくてはだめだと言うじゃないか」

「フレーザーは子供たちのことを心配しているのよ」レベッカはさとすように言った。「でも、フレーザーがあなたに別れるなと強制することはできないでしょう？」

「できない？　とんでもない！　うちの親が、しきたりどおり財産を全部フレーザーに受け継がせたものだから、ぼくはフレーザーが恵んでくれる気になったときだけしか施し物をもらえないんだ。今の生活状態を維持して、別れた女房とあの悪がき二人を食べさせていくとしたら、フレーザーにポケットに手を入れさせて、しっかりためこんでいるお金を多少なりとも渡してもらうしかないのさ」

レベッカは自分の耳が信じられなかった。「奥さんと家族をフレーザーに養ってもらおうというの？」

ロリーはレベッカをにらみつけた。「かまわないじゃないか。フレーザーならそうできるんだから。ところで、もちろん、もう君はフレーザーのフィアンセの特権をものにしたんだろう？」

レベッカはそんなふうにあざけられたのは無視し、冷ややかに言った。「リリアンがよくもあなたと別れないでいるものね。こればかりは驚きだわ」

「ぼくに夢中なのさ」

ロリーが思いやりに欠け、感情のこもらない言いかたをしたので、レベッカは急にリリアンが心から気の毒になった。

「でも、あなたにも少しは奥さんを思う気持があるはずだわ」

ロリーは再び肩をすくめた。「親から相当の財産を相続することになっているし、妻としては問題なかったさ。子供がぼくたちにはイングランドにいてもらいたがっているなんて言い始めなかったころはね。まあ、それでも、話がわかるようになってきた。実家にいる間に、寄宿学校の件を何か調べておくだろう」

「子供たちのそばにいられるように、イングランドに落ち着こうと考えているってフレーザーに話していたじゃないの」

「それはリリアンの考えさ。それに、フレーザーがこのままぼくにここにいてもらいたがると君は本気で思っているのかい？　ぼくがいたら、君とぼくのことをいつも思い出さなくちゃならないっていうのに……」

「フレーザーはあなたたちが子供を寄宿学校に入れるのを絶対に許さないわ」レベッカはきっぱりと言った。

ロリーは笑った。「フレーザーには選ぶ権利はないんだ。何だかんだ言っても、ぼくの子供なんだから」

「情けないわね、子供たちをフレーザーに対する武器として使うなんて」

ロリーは軽蔑《けいべつ》されても平気な顔をしている。「フレーザーは自分に何ができるかわかっている。結局、あの子らはずっとここに住まわせておけばいいんだ。どうだい、レベッカ、すてきな出来合いの家族と一緒に人生のスタートを切るのは？　大事なフレーザーおじさんと結婚する君はさぞ恨まれるだろうな」

ロリーはフレーザーをねたんでいるんだわ。フレーザーに嫉妬し、その嫉妬心から、残酷にもあらゆる手を用いてフレーザーを苦しめようとしている。「でも、なぜなの？」レベッカは自分自身に問いかけるようにつぶやいたが、ロリーに聞こえてしまった。

「なぜかって？　わかってないんだな、君は！　まわりを見てごらんよ。全部フレーザーのものじゃないか。でも、なぜだい？　年が上だからさ。ぼくにはその、年が上だということが気に入らないんだ。だからフレーザーを苦しめる方法があればあるほど、うれしくなる。フレーザーは君に手を触れるたびに、ぼくと一緒にいたときの君はどんなふうだったかと気にするだろう。もちろん、そんなことを口に出したりはしないだろうが、心の中ではあれこれ考え、悩んで……心がかき乱される」ロリーはレベッカの顔を見て、にやりと笑った。「フレーザーってかわいそうだと思うだろう?」

「いいえ」レベッカはロリーとまっすぐ向き合った。「あなたがかわいそうでしかたがないわ」それだけ言うと向きを変え、部屋から出ていった。

ロリーはフレーザーに憎しみを抱いている。どうして今までそれに気づかなかったのだろう。昔、フレーザーを助けるために手伝ってほしいとロリーから頼まれたときには、とても兄思いの弟だと信じてしまった。彼女はふと眉根を寄せて立ち止まった。でも、あのときはロリーにしてみればフレーザーを苦しめるにはまたとないチャンスだったはずなのに、なぜ利用しなかったのだろう——なぜミシェルとの深い関係をフレーザーに打ち明けなかったのだろう。

8

医師は往診してくれた際に、溺《おぼ》れかけた日の状態からレベッカが驚くほど回復したと告げた。けれども、まだしばらくはのんびりしていなければいけない、症状が逆戻りする可能性もあるのだからと注意した。

外出してもさしつかえないか、ためらいがちにレベッカが尋ねると、彼は多少思案してから慎重な言いかたをした。「いいでしょう、ただし、無理は禁物ですよ」

これでレベッカには今夜のディナーパーティを断る口実はなくなってしまった。医師が帰ったあと、彼女はロリーから聞かされたことを思い返した。フレーザーとの婚約が本物であったらと願う気持に変わりはないが、ロリーがフレーザーに嫉妬《しっと》し、敵意を抱いているという現実を考えると、彼との仲はかなえられないロマンチックな夢として空想しているほうが気楽かもしれない。

ロバートと自分との間にあるような強い兄妹愛を思うと、常に弟であるロリーを気づかい、かばってやろうとしているフレーザーが気の毒でならなかった。

寝室の窓から、車回しをとぼとぼと歩いてくる子供たちの姿が見えた。とても夏とは思えない、雨もよいの肌寒い日だ。ピーターが立ち止まって深い水たまりでしきりにぴしゃぴしゃさせて水をはね飛ばしている横で、ヘレンが不満そうに待っている。

レベッカは子供たちの母親に深く同情した。夫への愛とわが子への愛との板ばさみになって、悩んでいるに違いない。当の子供たちがフレーザーをあれほど慕っていても少しも不思議ではない。ロリーが思いどおりにして子供たちを学校に入れた場合にはどのような結果になるか、考えたくなかった。双子はまだあまりにも幼く、あまりにも傷つきやすい。安定した生活を保証してくれるたったひとりの人から引き離すわけにはいかない。

でもフレーザーなら、そう簡単に子供たちを手放したりはしないだろう。レベッカはそう考えて自らを慰めた。ふと先ほどのロリーの話がよみがえった。子供たちをこれから先もフレーザーに預けるようなことを言ったが、それを聞いてわたしの心が兄から離れるとでも思ったのではないかしら？

もしわたしがロリーを信用して、婚約がフレーザーの仕組んだお芝居だと教えていたら、彼はどんな手段でフレーザーを苦しめていただろう。ロリーの結婚がどうなろうとかまわない気もするけれど、フレーザーを苦しめる手助けだけはしたくない。そう思いながらレベッカは、子供たちを迎えに階下に下りていった。

キッチンに入ってきた二人を手伝ってコートとブーツを脱がせると、今度は外に出て、小型車から買い物の品を降ろしているノートン夫人を手伝った。家政婦のノートン夫人は大おばとレベッカが休めるよう、二人の子を一緒に連れていったらしい。

ミルクとビスケットのおやつをとりながら、レベッカはホーソープで見かけた車の話をするピーターに耳を傾けていた。子供たちとの間は緊迫してはいるものの休戦状態になっているので、二人の生活に口出ししすぎてせっかくの休戦をだいなしにしないよう気を配った。結局わたしはまもなく去っていく身なのだ。フレーザーが結婚しても、一緒にいられなくなるわけではないと子供たちを優しくさとして安心させるのは、だれかほかの人の役割になるだろう。

「パパはぼくたちを学校に入れちゃうって」ピーターはレベッカに不安な顔を向けて、突然言った。

「フレーザーおじさんがそうはさせないわ」ヘレンは急いで口をはさみ、今の言葉を否定できるものなら否定してみろといわんばかりの目でレベッカを見た。

レベッカは何も言わなかったが、心から心配していた。徹底的にフレーザーを苦しめるつもりでいるロリーが子供たちの気持を逆撫《な》でしないように気を配るとは思えなかった。

何とかしてフレーザーと心を開いて、ちゃんと話し合いたいものだ。彼に話して、注意し……でも、何の話を？　ロリーが敵意を抱いているとでも？　フレーザーは鋭く、頭の回転も速い。弟からどんな感情を抱かれているか、とうに承知しているに違いない。レベッカは心の重荷が倍になった気がして、うんざりした。

ロンドンを出たときは食事に出かけることになるとは予想もしなかったので、フォーマルウエアは一着も持ってきていなかった。それでも、幸い黒いスーツは入れておいた。新しいスーツではないが、今夜はどうにかそれでしのげそうだ。

このスーツは、三年前、両親とロバート、エイルザがクリスマスに贈ってくれたものだ。法外な値段で、ほとんど飾りのないシンプルなデザインだが、なぜこのデザイナーがこれほど高く評価されているかは、実際に身に着けてみればよくわかる。つやを抑えた素材にリボン飾りが引き立ち、プレーンな黒い生地に変化を与えている。それにしても、フレーザーはいつまでこんなことを続けるつもりなのだろう。彼が気を変え、今夜の約束を取り消していてくれればよいが。

フレーザーが戻ってきたとき、レベッカはテレビのある部屋で子供たちと座ってニュースを見ていた。いつものようにヘレンが勢いよく彼に飛びついていった。レベッカは、ヘレンをさっと抱き上げてキスをするフレーザーから思わず目をそらしていた。

「パパはいないのか?」フレーザーはピーターも抱き上げたあとで、子供たちにきいた。

「出かけちゃったわ」ヘレンがもったいぶって告げたが、そのあと苦い顔で言い添えた。

「ここにいるのはもううんざりしたんだって。でも、いいの。パパなんかいないほうがいいもの。ここにパパがいるといやだわ」

二人の子供の頭越しに、フレーザーが口もとをこわばらせるのが見えた。

「今日はぼくたちは夕食に帰らないとノートンさんに話しておいたよ」フレーザーはレベッカにそう言ってから、何か文句をつけられるのではないかと待つようにためらっていた。

レベッカは逆らわずに精いっぱい穏やかに言った。「先生は、はめをはずさなければ外出を禁じる理由はないとおっしゃったわ」

ヘレンは二人の話からのけ者にされるのが気に入らないという態度をあからさまにして口をはさんだ。「フレーザーおじさん、あたしたちも一緒に行っていいでしょう？」

フレーザーが首を横に振ると、ヘレンは小さな顔を思いきりしかめてみせた。

「そんなのいやよ！　この人がいるから今までみたいにおじさんと一緒にいられないなんて！」ヘレンは悲痛な声で訴えた。

レベッカはフレーザーがこの少女をなだめるだろうと待っていたが、意外にも彼はきっぱりと言った。「そんなことはないんだよ、ヘレン。もうちゃんと話し合ったじゃないか、レベッカがいても君たちを思う気持は何にも変わらないって」

「結婚したら変わるわ」ヘレンはつらそうに言った。「そしたらあたしたちは追い出されるってパパが言ってるもの。この人がおじさんに追い出させるようにするって」レベッカに反抗的な目を向けた。

驚いたことに、彼はレベッカを見て、穏やかに言った。「それならレベッカの口からきいてみようか、君たち二人がここで暮らすのをどう思っているのかって」

レベッカは彼の駆け引きのうまさととっさの判断力に拍手を送りながらも、罠《わな》にはめられた気がして、怒りを覚えずにはいられなかった。果たすことのできない約束を子供たちに告げるのはフェアではない。けれども三人は息をつめてレベッカの返事を待っていた。

レベッカは、妹や弟ができたときに涙を流し、惨めな思いで腹立たしさと闘っている子供たちを扱ってきたことを思い出し、その経験を生かそうとゆっくり話した。「愛情はケーキとは違うのよ、ヘレン。大勢で分けなくてはならないからといって、みんながもらえる分が小さくなるわけではないわ。人が結婚するのはお互いに愛し合って、お互いを幸せにしたいと思うからなのよ。もしもわたしがあなたとピーターを追い出してとフレーザーに頼んだりしたら、フレーザーを幸せにしてあげることにはならないでしょう？」

ヘレンはいっとき、はた目にも明らかなほど心の中で闘っていたが、そのあとで首を振った。

「フレーザーおじさんを愛しているから、ぼくたちにいてもらいたいってこと？」ピーターが考えこむように尋ねた。

「そうよ」とレベッカは率直に答えた。結局それはまぎれもない事実なのだから。

「でも、パパは……」ヘレンは断固とした様子で言い始めた。

「パパは間違ったのね」レベッカは優しくさえぎった。「ね、いいこと、わたしはフレーザーを心から愛しているのよ、ヘレン。フレーザーに悲しい思いなんかさせたくないわ。あなたたちを追い払ってと頼んだりすれば、フレーザーをうんと悲しませることになるでしょう?」

「どっちにしたって、おじさんがそんなことするもんか」ピーターが挑むように言った。

レベッカは笑いながら認めた。「そうね、そんなことするとは思えないわね!」

レベッカの笑い声がその場の不安を取り除き、緊張した二人の小さな顔もやわらいだ。でも、いつまでそれが続くだろう。レベッカはそんなことを考えながら、そろそろ用意しなければならないと断って、席を立った。

レベッカとしては、父親であるロリーをさし置いて子供たちに無責任な約束をするわけにはいかない。ロリーがフレーザーに何と話したにしても、彼にはイングランドに腰を落ち着け、妻と子供のために居を構えるつもりはまったくないのだ。リリアンが夫の心をつかんでいたいと願うのであれば、夫と一緒に香港《ホンコン》へ戻らないわけにはいかないだろう。そうなれば、子供たちはエイスガース邸に置いていかれるか、さもなければ学校に入れられることになる。

一時間後、階下でフレーザーと落ち合ったときも、レベッカはまだ子供たちの将来を案じていた。

フレーザーも着替えていた。レベッカは彼を見たとたんにはっとして、思わず階段の一番下の段で足を止めた。フォーマルなダークスーツに真っ白いシャツ。シャツの白さが彼の浅黒い肌と黒い髪に輝くばかりに映える。

フレーザーがくるりと後ろを向いた。彼は階段の途中で立ち止まっているレベッカを見て眉をつり上げた。「気が変わったなんて言うんじゃないだろうね？」

気が変わる？　レベッカは彼の姿を目にした瞬間、体が燃え上がるような衝撃を受け、めまいを覚えていた。手を伸ばしてフレーザーに触れたい。そして、彼が着ているスーツの黒い布地に手を滑らせ、その布地に覆われているたくましい筋肉質の体を感じ取りたい。つま先立ちになって背伸びし、フレーザーと唇を重ね、彼が険しさをやわらげ、そしてわたしの愛撫《あいぶ》に情熱的にこたえて再び口もとを緊張させるのを感じ取りたい……。そんな抑えがたい欲求を抱いていた。

「レベッカ？」

鋭い口調で問いかけるフレーザーの声を聞いて、レベッカは自制心を取り戻した。

「気が変わるなんて、そんなことはないわ」努めて平静を装って言った。

フレーザーにはわたしが何を考えていたか想像もできないだろう。口をかたく結んで厳しい表情をしているのは、わたしが約束の時間にいくらか遅れたために違いない。

「遅くなってごめんなさい。下りてくる前に子供部屋に顔を出してきたので」

その言葉を聞いて、フレーザーは意外そうな顔をした。

「ロリーがあの子たちをどうしても学校に預けると主張したら、どうなさるつもり？」レベッカは玄関の扉を開けてくれたフレーザーにきいた。

「何を根拠にそんなふうに思うんだい？　そのことをロリーと二人で話し合ったとでも言うのか」

敵意のこもった声にレベッカは吐息をもらした。過去にこだわらず、二人の子供たちの将来を同じように心配しているひとりの人間としてフレーザーに話せる方法はないものだろうか。

外気はひんやりとしていた。とても夏とは思えない風に鳥肌が立つ。二人は車に乗り込んだ。フレーザーがエンジンをスタートさせる。

「同僚のかたのお宅はだいぶ遠いの？」

「研究所の反対方向に十キロぐらい走ったところかな。ここへ越してくる前は、アランたちはハンプシャーに住んでいたんだ。奥さんのゲイルは君よりそう年上じゃないと思うよ。研究所はスタッフが足りなくて困っているぐらいだから、アランの仕事もきつくてたいへんなんだ。彼の話だと、勤務時間のことで奥さんから文句が出ているらしい。仕事を取るか家庭を取るかと選択を迫られたりすることがあれば、当然、アランはゲイルを第一に考えなくてはならないだろう。ぼくとしては彼を失いたくないんだが」

「当然ですって？」レベッカは眉を上げた。「今どきの男性で、仕事より奥さんのことを優先的に考える人がいるかしら。現代のエネルギッシュな、出世志向型の考えかたとは合わないかもしれないけれど、アランは心から奥さんを愛しているのね」

うらやましいと思う気持が声に表れてしまうのではないかと気になった。そんなふうにフレーザーに愛してもらえたらどんな気分かしら？

「そうだね。ゲイルが自分と仕事とどっちを選ぶかとアランに迫るとは思えないが、寂しがっていて、精神的に不安定な状態にあることは確かだ」

「ほかにご家族はいらっしゃるの？」

「いや、まだなんだ。子供が生まれるはずだったけど、流産して」

レベッカは小さな同情の声をもらした。

「ハンプシャーではゲイルは友達のブティックで働いていたそうだ。こっちに来てからは時間を持て余しているらしい。君なら彼女を好きになれると思うよ」フレーザーは思いがけなく、そうつけ加えた。

レベッカは顔をしかめた。「どちらにしてもどうでもいいことじゃない？　だって、わたしはそう長くはいないでしょうし」

「そうだったね」フレーザーは、否定してくれるかもしれないというレベッカの期待を裏切って穏やかに言うと、あとは何も言わずに車の運転に専念した。

車はレベッカが幼いころに慣れ親しんだ道を走り、研究所のゲートを通り過ぎて狭い道に入った。そこから下り坂となっている道を抜けると、アラン・チャマーズ夫妻が住む村だ。

レベッカがゲイルを好きになるだろうと言ったフレーザーの考えは正しかった。ゲイルはカンブリアに来て以来、寂しくてしかたがないと悲しそうに打ち明けた。

「流産さえしなかったら、こんなふうにはなっていなかったはずよ」ゲイルはレベッカと二人きりになると率直に言った。「今度は栄転だと思うし、主人の出世をはばむようなことはしたくないと思っているの。初めてこちらへ来たときにはまさかこんな気持になるとは夢にも思わなかったのに、今では母まで恋しくなるありさまで……。この村はいいところだけれど、寂しいわね」

レベッカはゲイルに同情を寄せた。そのうち昼食でも一緒にどうかと誘われたときには快く承諾してしまったが、そのあとで、衝動的に返事をしたことを後悔した。こんなふうに嘘《うそ》をつき、欺き、フレーザーと本当に婚約したように見せかけるのはいやだった。

「どうしたんだい？」帰る道すがらフレーザーが尋ねた。

レベッカは暗い車の中でフレーザーを見て、苦い顔をした。「どうもするわけないでしょう」

「そうかな。チャマーズ家を出てから、君はずっと心配事を背負いこんでいるみたいな顔をしているよ」

「だましているのがいやでたまらないの」レベッカは不機嫌に言った。「こんなふうに嘘をついたりするのは……」

フレーザーは苦笑した。「これはおもしろい、君の口からそんなことを聞かされるとは！　ロリーの恋人だったときには、嘘をつこうが人をだまそうが気にもかけないみたいだったくせに」

レベッカは反射的に事の真相を口走ってしまいそうになりはしたものの、やはり何も言わなかった。今さら話しても何の足しにもならないだろう。それに、真実を話せば、わたしがなぜそんなふうに自分を犠牲にしたのかフレーザーは必ず知りたがるだろう。

エイスガース邸までもうすぐのところで、フレーザーは道路の端に車を寄せてとめた。

レベッカは戸惑い、不安げに尋ねた。「どうしてとまったりするの？」

レベッカに向けられたフレーザーの表情はかすかに厳しさが感じられた。「覚えてるね、ぼくたちは婚約していることになっているんだ」

彼女はそれでもまだわからなかった。「だから？」

フレーザーはポケットからハンカチを取り出し、レベッカに渡した。「だから口紅を拭《ふ》き取ったほうがいいんじゃないかと思って。おばさんは寝ているにしても、ロリーはまだ床に着いていないだろうし」

　レベッカはフレーザーの言葉の意味を理解すると真っ赤になり、そのあと青くなった。そしてハンカチを押し返しながら、激しい言葉をぶつけた。「十代の子じゃあるまいし、もう車で愛をささやき合う年じゃないでしょう！」

「ぼくはただロリーの目を欺きたいだけなんだ。ロリーが君を見るなり、ぼくたちが早くベッドに入って車での続きをしたがっていると思ってくれればいいんだ」

　レベッカがショックを受けたように小さな声をあげると、フレーザーは冷ややかにほほえみかけた。

「そう信じさせるような演技はぼくたちにはできないとでも思うのか？　君はもう忘れてしまったらしいが、お互いにどんな気持を抱いているかは別にしても、体のほうは……」

「よして！」レベッカはきつく言い返し、フレーザーに最後まで言わせなかった。屈辱感に顔も体もかっと熱くなる。自分の体がフレーザーに熱い反応を示してしまったことを気づかれていたなんて。

「どう？」フレーザーはやんわりとおどすような口ぶりで言い、レベッカをいらだたせた。

「証明してほしい？」

　証明する？　それだけはしてもらいたくない。レベッカはそう言おうとしてフレーザーのほうへ顔を振り向けたが、彼がどきっとするほど近くにいたので、催眠術をかけられたみたいにぼうっとしてしまった。

「それに……」フレーザーは快く響く声で続けた。「このほうがはるかに効果的だし、ぼくのハンカチも汚さないですむ」

レベッカは逃げようとしたが、だめだった。フレーザーが頭を下げてゆっくりと軽く唇を重ねたときも、どうにもできず、まるで麻痺《まひ》したようにじっと座っているだけだった。

それは彼女が考えていたようなキスではなかった。予想とは違ったキスに防御をとかれ、自衛手段を講じることもできなかった。

フレーザーの唇が絹のように快くレベッカの唇に触れ、ためらいがちにゆっくりと優しく動いた。彼はシートに座ったまま体をずらしてレベッカの腰に手を当てると、彼女の背中をシートに押しつけた。

レベッカはうろたえながらも、本当はこうしてもらうことを長い間待ち望んでいたのだと、心のどこかで認めていた。フレーザーに抵抗することも、また、彼の愛撫にこたえている自分を隠すこともできなかった。彼を受け入れている気持をすでに見透かされているに違いない。

もう何も考えられなくなった。レベッカは優しく愛撫するフレーザーの手に、そして、激しく求める彼のキスに我を忘れ、熱い思いでこたえていた。彼のジャケットの下に両手を滑りこませ、てのひらで熱っぽくシャツを、そして、汗ばんだ胸を撫でながら、欲望をそそる彼のキスに酔っていた。フレーザーが唇を離したときには、思わず不満そうにかすれたうめき声をもらしたほどだ。

「ぼくがロリーのことを忘れさせてあげよう」

とたんにレベッカはいやな気持になり、身を引いた。まるでフレーザーに殴られたような衝撃を受け、涙で目がくもった。ぼんやりとかすんで見える彼のはだけた胸にはとても目を向けていられなかった。いつボタンをはずしたのか、また、いつ彼のネクタイをほどいてしまったのか、少しも覚えていなかった。けれども、それは確かにレベッカがしたに違いないのだ。

フレーザーはボタンをかけ直したが、一番上のボタンははずしたままで、ネクタイも結ばなかった。この人は望んだものは手に入れた……レベッカは悲しい思いで、再び車を走らせているフレーザーを見た。口紅を塗り直そうかとも思ったが、鏡をちらりとのぞいただけで、思いとどまった。鏡に映った唇はすっかりはれていて、口紅をつけたところでごまかせるものではなかったからだ。情熱的に応じてしまった自分を思い出すと惨めで、恥ずかしく、顔が赤くなった。

「着いたよ」

そっけないフレーザーの言葉で我に返ったレベッカは、車がとうにとまっていたのを知って、いっそう顔を赤らめた。

車から降りると、彼女は自分の部屋に逃げたい一心で、フレーザーの先に立って急いだ。玄関にはこうこうと明かりが灯《とも》っている。一瞬目がくらんで立ち止まったが、無意識にフレーザーが追いつくまで待ち、彼が腰に手を回しても何も言わなかった。居間のドアが開いたままになっていたので、ロリーが出てくるような気がしたからだ。

ロリーは確かにそこにいたが、ただ、ひとりでいたわけではない。リリアンが一緒だった。

彼女はレベッカをちらりと見て、冷たく言った。「おめでとうを言っておくほうがいいってロリーに言われたわ。残念だけど、お二人が結婚する前にわたしたちは香港に戻らなくては」

「戻る?」フレーザーはロリーのほうを向いて、厳しく言った。「こっちで仕事をすることにしたんじゃないのか?」

ロリーが否定するように肩をすくめた。リリアンはフレーザーの険しい声におびえたように、夫に不安そうな目を向けた。

「そのことはちゃんと考えてみたのよ」と彼女は急いで言った。「でも……」

「ぼくは兄さんみたいに金銭的に有利な立場にないから、年に数千ポンドもむだにする余裕はないんだ。こっちに戻るとしたら、それぐらいかかってしまうからね。しかし、いいニュースもあるんだ。ねえ、君?」と甘ったるい声でリリアンに言った。「リリアンが明日、寄宿学校の下見に行く約束をしてくれたんだ。イングランドの南部にある学校で……」

ロリーをさえぎったのはレベッカだった。あまりにも腹が立って、抗議の言葉を抑えることができなかった。「あの子たちがここから離れたほうが確かに幸せだというの？」

リリアンが何か言おうとしたが、ロリーが制した。「ぼくたちだってそうそう身勝手にはできないからね。君たちが結婚したら、あの子たちは邪魔になるだろうし。子供にもそう話しておいたよ」ロリーはさらりと言った。「明日一緒に学校を見に行きたいというのなら、もちろんかまわないけど」

レベッカはロリーに憤りを覚え、フレーザーと子供たちを思いやるあまり、我を忘れ、きつい口調になった。「いいわ、一緒に行かせてもらいます。フレーザーが……」いかにも本当の婚約者のような口をきいていることにはっと気づき、黙りこんだ。

フレーザーが穏やかにレベッカの言葉を引き取った。「本当にレベッカの言うとおりだ。とりあえずぼくに相談してくれたらよかったのに。このあたりにだっていい学校はいくらでもあるし、それなら少なくとも週末には家に帰ってこられる」

「まだ何も具体的に決まったわけじゃないんだ」ロリーは何かたくらんでいるのか、うれしそうに目を輝かせた。「一緒に来るって言っても、泊まりがけになるんだよ」フレーザーがそれでもいいというようにそっけなくうなずくと、にやっと笑った。「よし、わかった。学校の近くにいいホテルがあるって聞いてるから、リリアンに手配させよう」

そのときになっても、レベッカは自分とフレーザーが危険に足を踏み入れつつあるとは気づいていなかった。

9

四人は子供たちとの気づまりな朝食をすませてから、早々に出発した。子供たちは両親にはひとこと口をきいただけで、黙っていた。

レベッカはリリアンを心底気の毒に思った。夫への愛と子供への愛との間で、身を引き裂かれそうな思いでいるのがありありとわかる。

ロリーを第一に考えたことをリリアンが悔やむときがくるだろうか……レベッカは悲しい気持で考えていた。まず間違いなく後悔するに違いない。ロリーは利己的で気ままな人だし、自分以外の人を愛することができないのだから。

長いドライブ中にも、ロリーは幾度も、わざとフレーザーをいらだたせようとしていた。そんな弟のあざけりには少しも動揺せず、冷静に落ち着き払って構えているフレーザーを見ると、レベッカはただ驚嘆するばかりだった。

リリアンが紹介されたという寄宿学校の名前はあまり聞いたことがなかった。レベッカはフレーザーの隣の助手席に座り、彼もわたしと同様に緊張しているだろうかと考えていた。二人の子供たちのことと、その将来を心配しているのは間違いないが、そんな不安はおくびにも出さない。実際、四人の中で感情をあらわにしているのはロリーぐらいのものだ。彼は期待と勝利感とに目を輝かせている。その様子にレベッカの不安はつのるばかりだった。

長く、うんざりするドライブだった。休日で車が多く、道路工事のための渋滞も重なり、少しも楽な気分になれない。

こんなふうに神経がいらだち、極度の疲労感を覚えるのは、体がまだ完全に回復しきっていないからだろうか。この豪華な車の中で張りつめた空気を感じ取っているのはわたしだけなのかしら。

ロリーは自分とフレーザーの境遇の違いについて早くもいやみを言っていた。自分は安物のレンタカーを走らせなくてはならないのに、フレーザーのほうはダイムラーのサロンタイプの新車を購入しているというのだ。

けれども、フレーザーはロリーの二十五歳の誕生日に、多額の金を渡している。事実上、財産の半分に相当する金額だった。長男ひとりに相続権を与えた法律を不公平だと考えたからだ。レベッカはその話を母から聞かされていなかったとしたら、ロリーの言い分に耳を傾け、フレーザーが実質的に弟の相続分をだまし取ったのだとあっさり信じていただろう。

レベッカはフレーザーを弁護するために激しく反論しそうになるのを、何度も歯をくいしばってこらえなければならなかった。

フレーザーがロリーの反感を招くことをいっさい口にしないでいるのは、わかりすぎるほどよくわかる。子供たちの将来にかかわるような問題を引き起こしたくないからだ。

ロリーとリリアンが子供たちを連れて香港《ホンコン》へ戻れないというのであれば、せめてフレーザーのもとにそのままいさせてやってほしい。見捨てるも同然に寄宿学校へ入れてしまうのは耐えがたい。レベッカは双子の母親であるリリアンをわきに呼んで、そっと頼んでみようかとも考えたが、とてもそんな雰囲気ではなかった。リリアンは、昔自分の夫とレベッカが愛し合う仲だったと信じているらしく、あからさまな敵意を隠そうともしなかった。話をするときも、夫とフレーザーにばかり話しかけて、故意にレベッカを会話から締め出した。

ロンドンの南に出て交通渋滞から解放されたので、休憩がてら昼食をとることになった。あまりのんびり食事をしているわけにはいかないとフレーザーが言ったにもかかわらず、結局、そこを出発したとき、時刻は二時半を回っていた。約束の時間は四時だった。市内からも空港からも車でそれほど遠くない学校を選び当てた、とロリーは喜んでいるが、フレーザーは怒ったように口をかたく結んでいる。

これでは車を飛ばし日帰りで子供たちに面会をするわけにはいかない。こんなにエイスガースの館《やかた》から離れていなければ、たびたび面会に来られるのに……。レベッカは自分と同様にフレーザーもそんな思いでいるのかしらと考えた。

彼女はリリアンの声を聞いて、もの思いから覚めた。「フレーザー、子供たちには本当によくしていただいて、ありがたいわ……。でも、まもなくレベッカと結婚なさるんですもの。もうあの子たちから解放されて、ご自分の生活をエンジョイなさってもいいんじゃないかしら。主人もわたしもそう思うんだけれど」

レベッカは、わたしたちが結婚しようと何もかまうことはない、子供たちは今のままエイスガース邸に置くべきだ、と言いたくてしかたがなかった。けれどもそんな心の動きを見透かされたのか、フレーザーに険しい目で制され、口を閉じていなくてはならなかった。

学校はもとはアン女王時代の小さな領主の邸宅だった。その成功と繁栄の証《あかし》が、目立たぬよう配慮された当世風の増築部分に読み取れる。

レベッカは学校案内をすでに読んできていたが、そこにうたわれている設備は教育の場というよりは、どちらかといえば豪華な高級ホテルを思わせた。それでも、学校案内で教育の内容よりも課外活動や設備に重点が置かれているというだけの理由で職員の手腕を低く評価しては、公平さを欠くことになるだろう。

レベッカは礼儀上からも、二人の子供は自分の子ではないという理由からも、四人そろって校長室に通されたときには、遠慮して一番後ろに回った。ところが、ロリーが振り返り、意地の悪そうな微笑を浮かべて腕をつかんだので、驚き当惑しないではいられなかった。

ロリーは有無を言わせずに彼女を前に引き出すと、大声で言った。「いいね、レベッカ、ここは君に頼むよ。言うなれば専門家なんだし」そして一行を迎えて立ち上がった校長に、「兄のフィアンセです。やはり教師をしておりますので、こちらの学校がうちの子供たちに向くかどうか判断してもらおうと思いまして」と紹介し、気まずい思いをさせた。

レベッカはくやしさに顔を赤らめながら、校長の冷たい批判的な目に耐えた。ロリーはわたしにわざと恥をかかせようとしている。でも、リリアンとフレーザーの表情を見ると、二人ともこれはロリーとわたしが計画的に仕組んだことだと考えているみたいだった。

校長が配慮してリリアンをデスクのすぐ前にロリーと並んで座らせ、フレーザーとレベッカには親と異なる扱いをして、わきの席に座らせた。

フレーザーは隣にいるレベッカにそっけなくつぶやいた。「もしもぼくが本当に君と結婚しようと考えていたとしたら、あの子たちの将来に対する君の冷たい態度を知って、結婚は考え直していただろうな」

冷たい態度ですって！　レベッカは息をのみ、怒った顔を振り向けた。「わたしが寄宿学校に入れたらいいと言ったわけじゃないわ」

「そうかもしれない。でも、ゆうべの君はたいそう熱心にロリーたちについていくって言い張ったね。目的は何なんだい、レベッカ？　今になってもまだかなわぬ夢を追っているのかい……ロリーが家族を見捨てると？」

　校長が、よく響くなめらかな声で説明し始めた。校長は立派な人物に見えるし、生徒もよく集まっているようだ。

　でも、はたしてここはヘレンとピーターにふさわしい学校といえるだろうか……。わたしとロバートが入っていた昔風の寄宿学校は、エイスガース邸から三十キロ足らずのところにあった。その程度の距離なら、寂しく悲しい気持でいるあの子たちも、慣れ親しんできたものといくらかでも心のつながりを保てるのに……。

　しばらくして学校を出た一行は、リリアンが予約しておいたホテルへ向かうことになった。子供たちに会いに学校へ来た親がよく利用するそのホテルは、隣村を通り抜けたところにあるという。

　フレーザーが車のドアを開けてくれるのを待つ間に、リリアンが暗い顔で不安げに言った。「ロリー、これでいいのかしら。エイスガースの館からとても遠いし、あの子たちは館や……フレーザーが恋しくてたまらなくなるのではないかしら」

「言ったじゃないか、そういつまでもフレーザーに甘えて、ぼくらの子の親代わりをしてもらえないって。フレーザーにはもうすぐにも自分の子ができるっていうのに」

　子供たちはフレーザーと暮らすほうが幸せだと、リリアンがわかってくれさえしたら……レベッカはリリアンの気が変わらないうちに急いで言った。「わたしとしてはあの子たちがこのまま館にいてくれたら、とてもうれしいわ」

　三人の目がいっせいにレベッカに向けられた。ロリーはいかにもいらだたしげに顔をしかめ、リリアンは驚き、フレーザーは……彼はわたしに向けた冷ややかな険しい表情の裏で、いったい何を考えているのだろう。

「わたしも子供のころは寄宿学校に入っていたので、家族から完全に切り離されたわけではないと思うことがどんなに大事か、よくわかるんです。わたしたちの場合は両親がちょくちょく帰国できたので、幸せだったわ」レベッカは巧みに話を続けた。「お二人がお子さんの教育を第一に考えていらっしゃるのはよくわかるんですけど、エイスガースの館の近くにだっていい学校はいくつかあるのではないかしら。あの子たちは心からフレーザーを慕っているのだし、わたしもあの子たちがたまらなく好きになってきたんですもの」

　リリアンはほっとしたような顔をした。「子供たちがこのままエイスガースの館にいられるんだったら、正直言ってそれが一番の解決法だと思うの」彼女はレベッカにためらいがちにほほえんだ。「ゆうべも主人が言っていたのよ、できればフレーザーに子供を預けたいって。でも、それじゃあなたに対して申しわけない気がすると言って……」

　ロリーにちらりと目を向けたレベッカは、彼が腹立たしげなくやしい表情をふっと浮かべたのを見た。なるほど、このわたしは、フレーザーと子供たちを引き離して兄に思い知らせてやろうという、悪意あるロリーの道具にされていたのだ。

「とんでもないわ」レベッカはすぐにリリアンを安心させた。「実際、わたしたちはあの子たちと一緒に暮らせたらうれしいと思っているんですもの。ねえ、そうね？」とフレーザーに訴え、それから勇気を振りしぼって彼に歩み寄ると、親密そうに腕をからませた。

「主人に昇進の話が出ていなかったら、帰国すると決めていたと思うの」リリアンは弁解がましく言った。「でも、せっかくの昇進のチャンスを逃がしたくないし、接待やおつき合いのある主人にはわたしがついていてあげなくてはいけないでしょう？　子供を預かっていただけるなら、願ってもない幸せだわ。でも、本当にそれでいいのかしら？」

「ええ、もちろんよ」レベッカはリリアンにうけ合った。

ロリーから怒りがむらむらとわき上がるのが伝わってくるようだ。裏をかかれてむっとしている様子が顔に表れている。彼は、まさか子供を学校に入れてしまおうとした唯一の理由はフレーザーをいためつけることにあったと妻に話すわけにもいかず、どうすることもできないでいる。

「よかったわね、あなた？　ほんとうにほっとしたわ！」リリアンは目をうるませて夫に言ってから、フレーザーとレベッカのほうを向いた。「何とお礼を言ったらいいのかしら。今度の仕事は三年間だけだし、運がよければそのあとは帰ってこられると思うの。それにしても、子供たちがこのままエイスガースの館で暮らせると思うと、ただもううれしくて……」ほっとしたのか、彼女は急に口数が多くなった。「こんなふうにフレーザーにあの子たちを押しつけているなんて、申しわけないと思っているの。でも、だからといって香港に連れていくこともできないし」

「もうこれで話は決まったわね、あの子たちはわたしたちのところにこのまま残ると」レベッカはきっぱりと言った。

しゃれたホテルだった。けれども、レベッカにはそのすばらしさをじっくり鑑賞している余裕はなかった。緊張のためか頭痛がし、こめかみのあたりがずきずきしている。フロントに近づいたとき、ロリーに話しているフロント係の言葉が聞こえ、うろたえた。

「エイスガースさまでいらっしゃいますね？　ダブルルームを二室のご予約でよろしいですね？　幸運でいらっしゃいました。空いておりますのはこちらの二部屋だけでございましたから。ほかは全室、日本からの団体のお客さまから予約をいただいておりまして」

レベッカは青くなってフレーザーのほうを向いた。

レベッカのかたわらでリリアンが何気なく言った。「主人の話だと、あなたがどうしてもフレーザーと一緒のお部屋がいいと言ってらっしゃるというものだから……。お二人だってとても苦労してらっしゃるんでしょうし、モードおばさまってとにかく頭が古いから」

思いもよらないなりゆきに、レベッカはおもしろがっているような勝ち誇ったロリーの目を茫然《ぼうぜん》と見つめた。

何とかしなくては……。フレーザーに言おう。しかし、もう遅かった。彼はすでにサインをすませてしまい、ポーターが荷物を手押し車にのせて運び去っていくところだった。

「それじゃ、あとでバーで会うとしようか。一時間後にどう?」ロリーが腕時計を見ながら如才なく言ったが、そのあとレベッカを見て、思わせぶりに言い添えた。「君たち二人はもっとあとのほうがいいかな?」


レベッカはあまりの怒りと衝撃とに体を震わせながら、むっつりと黙りこんでいるフレーザーについて自分たちにあてられた部屋に向かった。

とても気持のいい部屋だということはわかった。部屋の大きさといい、気のきいた調度品といい……ただ、ダブルベッドは……。レベッカはそのベッドから目を離すことができなかった。怒りと衝撃は屈辱感に変わっていた。

フレーザーは、小旅行用のボストンバッグを運んできたポーターが部屋を出てから、ようやく口をきいた。腹立たしげな険しい表情で、声には残酷な冷たさがあった。

「なぜダブルベッドにしてもらいたいとロリーに頼む気になったのか説明を求めて、あの場で君を困らせたりしたくなかった。ロリーに嫉妬《しっと》させたいなんて考えたのかい? そういえば今日の午後にも、君はまるで……」

「わたしはこんな部屋を取ってと頼んだりしていないわ」レベッカはかすれた声で反論したが、フレーザーには信じてもらえないとわかった。彼女は絶望に打ちのめされる思いで彼の冷ややかな目と視線を合わせた。「あなたにはわからないの？　ロリーはわたしたちの婚約は嘘《うそ》だと思っているんだわ。だからこんなことをしたんでしょう。彼にはわかっているはずよ……」

「何を？　君がロリーを愛していることを？」

「わたしは……愛してなんかいないわ」レベッカはとぎれとぎれに言った。気分が悪く、ひどい脱力感を覚える。またいつものように胸がつまり、苦しくなってきた。咳《せ》きこみ息を吸おうと必死になりながらも、フレーザーが苦りきった顔をしているのは見えた。

「しかし、今さらどうしようもないな。フロントも全室ふさがっていると言っていたから……」

彼はレベッカの呼吸が落ち着くのを待ちながら、ダブルベッドをちらりと見た。

「ロリーには婚約が嘘だとわかっていると言うが、どうして弟にわかるんだい？　君が話したとでもいうのか？」

レベッカは情けなくて、言い返す気にもなれなかった。

「ぼくはバスルームで着替えてから、先に階下《した》に下りて待っている」フレーザーはぶっきらぼうに言い、ますます険しい顔になった。「そういえば、さっき君が言ってくれたことにまだお礼を言っていなかった」

　レベッカはぼんやりした目で彼を見た。

「子供たちのことだ」フレーザーはにこりともしないで説明した。「君がタイミングよく口をはさんでくれなかったら、たぶん、ロリーはあの学校に入れると決めていただろう」

「ロリーはあなたに憎しみを抱いているわ」レベッカは重い気持で告げた。

「知っている。ぼくが悪いんだ。ぼくがエイスガースを相続したことをロリーがどんなに恨んでいるか、もっと早く気づくべきだった。ロリーは財産が欲しいわけじゃなく……」彼は言いすぎたと思ったらしく、言葉を切った。「もちろん、君と婚約してロリーから慕われるようになるわけもないが」

　レベッカは、違うわ、ロリーは昔も今もわたしには何の気持も抱いていないのよ、と話そうと思ったが、もうフレーザーはいなくなっていた。彼はさっさと自分のバッグを持って、小さなバスルームに入ってしまった。

　三十分もしないうちにバスルームから出てきたフレーザーは、フォーマルなダークスーツに着替えていた。白いシャツに濃い栗《くり》色のシルクタイが鮮やかだ。

　レベッカは、階下で待っていると告げるフレーザーを見つめながら、心から彼を愛していると思い知り、胸を痛めた。事情が違ってさえいたら！

　フレーザーが部屋を出たあと、バッグからドレスを出し、バスルームに向かった。さっとシャワーを浴び、ホテルの備えつけのバスローブに身を包んで化粧台に座った。不意に部屋のドアが開き、レベッカははっとした。驚きはしたものの、フレーザーを信じていたので、おびえはしなかった。

だが、部屋に入ってきたのはフレーザーではなく、ロリーだった。

レベッカはぞっとしてまじまじとロリーを見つめ、不安そうに言った。「ロリー、いったい何のつもりなの？」

彼はレベッカの質問を無視して、猫撫《な》で声で言った。「お礼を言ってもらえると思ったんだけどね、レベッカ。君たち二人が一緒に寝られるようにしてあげたんじゃないか」そして皮肉な微笑を浮かべながら、手にしてきたウイスキーグラスを傾けて、一気に飲み干した。

ロリーが化粧台に近づいて横に立ったので、レベッカは恐怖に襲われた。彼はグラスを置いて、鏡に映っている二人を見てから、手を伸ばしてV字形に深く切れこんだレベッカの胸もとに指をはわせた。彼女は震え上がった。

「ねえ、レベッカ、兄さんがここに入ってきて、ぼくたちがこんなふうにしてるのを見たら、何て言うかな？　ぼくたちが一緒にいられるように一泊することにしたんだと考えたら、それでも兄さんは婚約したままでいるかな？」

レベッカは体中の感覚がなくなってしまったが、頭だけは油断なく、鋭く回転していた。

ロリーは計画的にここへ入ってきた。わたしと二人でいるところを何とかフレーザーに見てもらおうと仕組んで！

どうすればいいの？　こんなたくらみは不要だとロリーにわかってさえいたら！　フレーザーはわたしなど愛していない。たとえこの場を目撃したフレーザーが怒りを見せたとしても、それは嫉妬による怒りではなく、わたしがロリーの結婚生活をおびやかすと思うからだ。でも、ロリーにそう話すわけにはいかない。

ロリーはレベッカの後ろに立って、さも心から愛しているというふうに、恋人気取りで彼女の肩に両手を置いた。

「ぼくも頭がいいだろう？」ロリーはささやきながら、レベッカの首にキスをしようとするように身をかがめた。「全部仕組んだんだ」

逃げようとしても、ロリーにきつく押さえこまれているので、椅子から動けなかった。

「ロリー、ばかなことはやめて。フレーザーが上がってくるかもしれないわ。それに……」急に名案がわいた。「フレーザーは本当のことを知っているのよ。すっかり打ち明けて、聞いてもらったんですもの」

「へえ、それで信じてくれたのかい？」ロリーは急に意地の悪い顔つきになった。「よく話す気になったもんだ。でも、そんなことしても、何にもならなかったはずさ。ぼくはフレーザーのことならわかりすぎるくらいわかるんだ。フレーザーは君を最初に仕留めたのはこのぼくだと、死ぬまで思いこんでいるだろうな」といかにも愉快そうに笑った。「それにしても、君があんなにあっさりとぼくの頼みをきいてくれるとはね！　まるでいけにえの子羊のようにぼくに利用されようとしたんだから」

「あなたのためじゃないわ。フレーザーを思ってしたのよ」レベッカはきつく言った。喉がからからになってひりひりする。「それはあなただって十分承知しているはずよ。あなたとミシェルとの深いつき合いをフレーザーが知ったら、苦しむに違いないと思ったからだって」

「ぼくはわかっている。君もわかっていることだ」ロリーはあっさり認めた。「でも、フレーザーは絶対に信じないだろうな。柵《さく》をめぐらせて手も触れさせなかった清らかな汚れのない乙女がぼくに身を投げ出すとはね！」ロリーは体を震わせて笑った。「しかも、君のほうからぼくにそうさせたんだ！　君がぼくに嘘をつかせ、ぼくの恋人だと言えと言ったんだ！」

「フレーザーが本当のことを知って苦しむのを見ていられなかったからよ」レベッカは荒々しく言った。「助けてほしいと頼んだのはあなたじゃないの。あんなことになって困っていると言って……。フレーザーはミシェルを愛しているので、本当のことを知られたくないのだと言ったでしょう？」

「それで君は気高くもミシェルの身代わりになったわけだ。でも、なぜだい？」

レベッカは鏡の中でロリーに軽蔑《けいべつ》の目を向け、冷たく言った。

「わかっていたはずよ。フレーザーを愛していたからだわ」

「そうそう、そうだった。あのころの君はフレーザーが好きでたまらない気持を必死で隠していたっけ。でも、もう何も隠す必要はなくなったわけだ、違うかな？　順調にいけばこれでハッピーエンドとなるところだけど、そうはいかない。フレーザーにはもう君と結婚するつもりはないだろうね」そう言うが早いかレベッカに両手を回してぐいと立たせると、自分のほうへ引き寄せた。動転し、すさまじい抵抗を試みるレベッカの耳に、彼は勝ち誇ったようにつぶやいた。「やっぱり……すごいタイミングだ！」半分開いたままになっている寝室のドアからフレーザーが入ってきたのだ。

レベッカは言葉もなかった。自分たちがフレーザーの目にどのように映ったかわかりすぎるほどよくわかり、惨めな気持だった。

けれども驚いたことに、フレーザーは彼女を責めたりはせず、ロリーだけを見て冷たく命じた。「ロリー、すぐに手を離すんだ」

おどされたわけでもなく、すごみのある言いかたをされたわけでもなかったが、ロリーは見る見る青くなり、レベッカからぱっと身を引いた。

「レベッカの考えなんだ、フレーザー」ロリーは急いで言った。「レベッカが全部仕組んだのさ。それに……」

「出ていけ」フレーザーは穏やかにさえぎった。「さっさと出ていくんだ」

レベッカは静かな部屋でフレーザーと二人きりになり、彼が話し始めるのを待った。

やがてフレーザーが口を開いて言ったのは非難ではなく、当たりさわりのないことだった。「服はバスルームに置いてあるのかい？」そしてレベッカがうなずくと、穏やかに言った。「それなら、服を着てくるといい」

レベッカは黙って言われたとおりにした。バスルームから出てくると、フレーザーが電話の受話器を置いているところだった。

「ここはキャンセルした」彼は静かに告げた。「荷物は自分でまとめられるね。それとも、ぼくがしようか？」

荷物をまとめるですって？　フレーザーの声に少しも皮肉を感じ取れないのは、自分のショックが大きすぎるせいではないかと思った。頭があまりにも混乱しているので、何がどうなっているのかきく気力もなかった。「自分でできるわ」そう言っただけだった。

三十分後、二人はフレーザーの車で北に向かっていた。レベッカは疲れきっていたが、神経が高ぶっていて眠れなかった。

フレーザーはホテルを出ることを、ロリーたちに断ってきたのだろうか。ロリーとわたしが一緒にいたところを見たのに、なぜそのことに触れようとしないのだろう。

レベッカはあまりにも心が痛み、自分からその話題を持ち出す気にはとてもなれなかった。フレーザーが足を踏み入れた"現場"からどのような結論に達したかは十分に察しがつく。

でも、それだからどうだというの？　フレーザーが本当のことを知ったからといって、また、わたしが今まで一度もだれとも深いつき合いをしたことがないと知ったからといって、わたしに対する彼の気持が変わるわけではないのだから。

レベッカは目を閉じて、シートに寄りかかった。無意識にもらした疲れきった小さなため息が注意を引いたのか、フレーザーは厳しい目でちらっと彼女の顔を見た。

いつの間にか、レベッカは眠ってしまったようだった。次に気がついたのはフレーザーに起こされたときで、外は真っ暗になっていた。

「まあ、もう家に着いたの？」レベッカはねぼけまなこで尋ねた。

「いや、フロントで教えてもらった小さなホテルに泊まることにしたんだ。二人ともこのままカンブリアまで車で帰れる状態じゃないと思って」

レベッカはぐったりしたまま、フレーザーに手を取られて車から降りた。立ち上がると少しふらつき、極度の疲労のためか体が言うことをきいてくれなかったが、がっしりとした温かい彼の体が支えてくれているのに気づくと、緊張した。

こぢんまりとした感じのよいホテルだった。こんなところにわたしを連れてきたのはなぜだろう。レベッカは部屋に通されながらしきりに考えていた。だれもいないところで、わたしをどう思っているか話そうというのだろうか。あるいは……。

けれども、ドアを閉めて振り向き、彼女をじっと見つめるフレーザーの目には少しも険悪な感じはなかった。

「一つだけ答えてほしい」彼はレベッカの目を見ながら静かに言った。「ぼくを愛しているというのは本当か？」

レベッカは何とかして否定しようとしたが、本心はすでに顔に表れてしまっていた。だいいちフレーザーは察しがいいから、こんな状態ではとても欺きとおすことはできない。

レベッカは堂々と頭を上げると、小さな声できっぱりと言った。「ええ」

「ああ、レベッカ、何てことだ！」うめきとも抗議ともつかない。

フレーザーは大またで歩み寄り、戸惑い目をしばたたいているレベッカを強く抱きしめた。

「なぜだい？　なぜ君はロリーを愛してるとぼくに思わせたんだ？」彼の声はくぐもっていた。

「そんなことしてないわ」レベッカは反論した。「愛していないと言ったはずよ」

「でも、ロリーとは恋人だったと、ずっとそう思わせていたじゃないか。君はぼくには……」フレーザーは腕の中にいるレベッカの不安げな動きを感じ取り、彼女の顔を上向かせた。「さっき君がロリーと言い合っているのを立ち聞きしなかったら、ぼくはこれからも決して真実を知ることはできなかっただろうね」

「あなたに話さなかったのは……信じてもらえると思えなかったんですもの」レベッカは混乱し、めまいがした。

「嘘だ。なぜそんな犠牲を払ったのかぼくからきかれると思ったからだろう？　ああ、それにしても君をすっかり誤解して、何てひどいことを言ってきたんだろう……。ドアの外で聞いているときに、つくづくそう思い知らされたよ。突然、ぼくを愛していると言う君の声が聞こえてきて……」

レベッカははっと我に返り、思わず甲高い声で口走っていた。「どうしてこんなところへ連れてきたの？」

「レベッカ！　まだわからないのか？　君を死ぬほど愛しているからだよ。ぼくが八年前に君を愛し、それからずっと変わらない愛を抱き続けてきたのがわからないのかい？　ロリーはそれを知っていたから、何としてもぼくたちの仲を裂こうとしたんだ」

レベッカは信じられない思いでフレーザーを見つめた。「わたしを愛しているですって？　でも、ロリーの話だと……」

「ロリーは嘘をついたんだ。八年前には君はまだ若すぎて、大人の恋は負担になるだろうと思った。でもロリーは間違いなく君に対するぼくの気持を見抜いていて、君とぼくの両方を欺いたんだ。弟はぼくを苦しめるためにぼくには君と深いつき合いをしていると見せかけ、君にはぼくがほかの人を愛していると思わせた」

　レベッカは体を震わせた。「何もかも、とても本当とは思えないわ。今朝はわたしたちは敵同士だった。あなたはわたしをひどく嫌っていたわ。それなのに……」

「いや、違う。君を嫌ったことなど一度もない。ぼくがなぜこんなまやかしの婚約をしたと思うんだい？　ぼくはロリーには与えることができない何かを君に与えられると、何とか君にわからせたかったからだよ」

「でも、この何年もの間のことは？　ずっとわたしをエイスガースの館から遠ざけて……」

「君にいてもらいたくなかったからそうしたんじゃない。本当はいてもらいたくてしかたがなかった。プライドのせいだろうね。君はぼくよりロリーのほうが好きなんだと、あっさりだまされてしまったから、弟の次に君の人生に登場する気にはなれないと自分に言い聞かせたんだ。だが、そのあと君と再会したとき、人生をぼくとともに歩んでくれるよう君を説得できるなら、何番目だろうと関係ないと思った。本当なのかい、レベッカ？　本当にぼくを愛している？」フレーザーは彼女の顔を両手で包みこんで尋ねた。

「ええ」声が震える。レベッカは部屋のほうを振り向いて不安そうに言った。「ダブルルームを頼んだのね」

　フレーザーは笑った。こんなふうに自然に、くったくなく彼が笑うのを聞いたのは本当に久しぶりだと気づいて、胸が痛んだ。急に彼が若返って、優しく見えた。

「そうダブルルームを二室。でも、君の部屋に招待してくれるなら、いつでも応じる用意があるけどね」

　レベッカの胸は急にどきどきしてきた。「さっきホテルからなぜ出てきたの？」

「あのままいたらロリーに暴力をふるっていたかもしれないからだ。部屋に入って君の目に恐怖が浮かんでいるのを見たときは、あの場でロリーを殺してやりたいと思ったほどだ」フレーザーは苦しそうに言った。「でも、そのとき突然、ぼくが憎んでいるのはロリーだけじゃない、自分自身もいやでたまらないんだとわかった。ロリーの言葉を信じて、君に対してしてきたことや、ぼくたち二人に対してしてきたことのために」

　フレーザーが顔を近づけて唇を重ねると、レベッカは彼の腕の中で激しく震えた。一人前の女性ではなく、昔の少女に戻った気がする。遠く、はるかかなたにいるみたいに思える男性に命がけの絶望的な恋をしてしまったあのころに。

「君をこんなふうに抱きしめたいとどんなに思っていたか、君にはわからないだろうね」フレーザーはレベッカにささやいてそっと唇をかんだ。「初めて君に普通の好意以上のものを感じたのは君が十六歳のときだった。君はまだあまりにも若く、ぼくの愛を押しつけて縛りつけてしまう気にはなれなかった。でも、今は違う。今夜はずっと君と一緒にいたいとはっきり言える。もちろん、どうするかは君しだいだが」

レベッカはもう子供ではない。立派な大人だ。それでもまだ妙に気恥ずかしかった。

「わたしも一緒にいたいわ。でも、先に言っておきたいことがあるの。実は……わたし、何の用意もしてこなかったので……」どうしてもまともにフレーザーの目を見られない。

「つまり、その……何ていうか……」

「ぼくは君の初めての男性になる、こんな大事件になるとは予想もしていなかったので、あらかじめ身を守る備えをしておかなかった——君が言おうとしているのはこういうこと？」

フレーザーがわざとからかっているのだとわかるまでに多少時間がかかった。

「ちゃんとわかっていたのね！」レベッカは抗議した。「それなのに、あなたはわたしに……」

「ロリーとは何もなかったと話しているのを立ち聞きしたんだ。でも、ぼくのように自尊心の高い男は、君の口から直接それを聞きたい。ぼくを愛しているだけでなく、信頼もしていると……。とはいえ、君をぼくではなくロリーに与えた運命を呪ってあまりに多くの夜をひとり過ごした男には、自制心を期待しないほうがいいだろう」

フレーザーはそっとレベッカを放し、身を引こうとした。

「フレーザー、お願い、行かないで」レベッカは懇願した。「お願い、あなたにいてもらいたいの」

いだろう?」

「今、君に手を触れたらどうなってしまうか、わからないんだ」フレーザーのくぐもった声には緊張が感じられる。「でも、君はご両親が帰国して結婚式を挙げるまで待っていたいだろう?」

うめくようなフレーザーの声を聞いて、レベッカの全身が燃え上がった。「何も待ちたくないわ。わたしたちはもう十分待ってきたんですもの」

「でも、子供ができてしまったら?」フレーザーは緊張し、険しい声になった。

レベッカは彼の目をまっすぐ見つめた。「そのときは両親に本当のことを話して、説明するわ。わたしたちが二人だけで大急ぎで、ひっそりと結婚した理由を……。それに、そうするのが一番いいんじゃないかしら。一族の集まる結婚式なんて気づまりだし」

「ロリーのせいで?」フレーザーが考えこむように尋ねた。「せいぜい思い知らせてやるといい」

「ロリーのことは忘れて」レベッカは彼に両手を回し、かすれた声でささやいた。「フレーザー、彼のことなんか忘れて、わたしを思いきり愛して。あなたを心から望んできたんですもの」

長い間抑え続けてきた二人の熱い思いは火のように一気に燃え上がり、とどまるところを知らなかった。二人とも今はただ、互いの愛を確かめ合うことしか頭になかった。フレーザーがもどかしげにレベッカをベッドに運ぶと、彼女は情熱的に彼の愛を受け入れた。

愛する人の腕に包まれて、温かい大きな体に守られながら眠るのは、確かに、またとない格別の喜びの一つだわ。レベッカはうとうとしながら、フレーザーにさらにすり寄った。

先に目を覚ましたのはレベッカだった。夜明けにはまだだいぶ間がある。すべて夢ではなかったとわかったとたん、手を伸ばしてフレーザーに触れてみたい気持を抑えられなくなった。

「ゆっくり眠らせてくれないのかい？」

フレーザーはレベッカの耳もとで眠たそうにつぶやいたが、少しもいやがっている様子ではなかった。それどころか、彼女を抱き寄せて優しく愛撫《あいぶ》し、目覚めたばかりの体に再び火をつけた。

「子供ができていないといいけどね」フレーザーは優しくつぶやいた。「もちろん自分の子供は欲しいけど、その前にしばらくは君をひとり占めにしていたい。でもそれも難しいかもしれないな。あの子たちが……」

「まだわたしを憎んでいるわ」彼女はつらそうに言った。「でも、いずれは……」

「あの子たちを追い出すわけにはいかない。理解するにはまだ幼すぎるから」

「わたしだってあなたにそんなことをしてもらいたくないわ」とレベッカは言った。「あの子たちはあなたを必要としているのよ、フレーザー。あの子たちにはあなたしかないと言ってもいいんですもの」

フレーザーは一瞬彼女を見つめ、それから優しく言った。「ぼくには君しかないんだ。ぼくが今まで欲しいと思ったのは君だけだ。これからも君だけを欲しいと思い続けるだろう」

モード・エイスガースは、花嫁と一緒に教会の通路を進んでくる大甥《おおおい》を見守りながら、感傷的なため息をもらした。

フレーザーとレベッカがようやく結婚した！　よかったこと！　モードは喜びに目を輝かせた。もちろん、二人が思いを寄せ合っていることは何年も前から知っていた。

モードは、エイスガース邸にレベッカを呼び寄せた自分の巧みなやりかたに鼻高々だった。これほど美しいレベッカは見たこともない。フレーザーを見つめるレベッカといい、彼女を見つめ返すフレーザーといい……。モードは強くはなをかんだ。

客たちが席を立ち、列をなして新郎新婦のあとから外へ出た。思いがけなく暖かい九月下旬の日だった。モードはそっと袖《そで》を引かれたのを感じて立ち止まり、顔を振り向けた。

レベッカの兄のロバートがにっこりほほえみかけている。「挨拶《あいさつ》は抜きにして、一つだけ教えてもらえませんか。いったい、どうやったんですか?」彼はフレーザーとレベッカのほうを向いてうなずいてみせた。「だれがやってもうまくいかなかったのに、いったいどんな手を使ってあの二人を一緒にさせることができたんです?」

大おばのモードはエドワード七世時代風の胸をさらに大きくふくらませ、断固とした険しい表情を見せた。「ロバート、わたしには何のことなのかさっぱりわからないわ。それより、あなたの、あのすてきな奥さまはどこなの?」

●本書は、1991年10月に小社より刊行された作品を文庫化したものです。

秘めた愛

2010年8月1日発行　第1刷

著者　ペニー・ジョーダン

訳者　前田雅子（まえだ　まさこ）

発行人　立山昭彦

発行所　株式会社ハーレクイン
東京都千代田区外神田3-16-8
03-5295-8091（営業）
03-5309-8260（読者サービス係）

印刷・製本　大日本印刷株式会社

Printed in Japan © Harlequin K.K. 2010 ISBN978-4-596-93315-7

ハーレクイン文庫

コンテンポラリー―現代物

忘れない夏

ペニー・ジョーダン / 富田美智子 訳

「婚約者としてふるまってくれないか」初めて恋した相手に説得され、休暇を一緒に過ごすことになったジェンナ。あのときの恋はまだ終わってなどいないのに。

愛なき砂漠

ペニー・ジョーダン / 大沢　晶 訳

アラブの小国の権力闘争に巻き込まれたクレア。経済的な事情から、やむなく元首の甥との偽装結婚に同意するが、“夫”は彼女への嫌悪をむき出しにする。

氷の結婚

ジャクリーン・バード / すなみ　翔 訳

大富豪アレックスと結婚し、幸福の絶頂にいたリサ。だがある日、リサの会社の買収を企てる夫の会話を漏れ聞いてしまう。傷つきながらもリサは言いだせず…。

バージンロード

ヘレン・ビアンチン / 雨宮朱里 訳

父の死後、後見人である継母と父の共同経営者ジャレッドの言うままに生きてきたクリスタ。学校を卒業した彼女に告げられたのは、ジャレッドとの結婚だった。

スペインのシンデレラ

リン・グレアム / 漆原　麗 訳

姉の借金を返すため傲慢な上司セサルの婚約者役を引き受けたディクシー。事情を知らない彼に“金のために動く女”と誤解され、冷たい仕打ちを受けるが…。

ハーレクイン文庫

コンテンポラリー―現代物

身代わりデート

ローリー・フォスター / 早川麻百合 訳

看護師ジョジーは、過保護な姉の勧めでしぶしぶ臨んだデートの相手“ボブ”に一目惚れ。セクシーな彼と冒険しようと心に決めるが、実は彼はボブではなくて…。

プレイボーイ公爵

トレイシー・シンクレア / 河相玲子 訳

宝くじで5万ドルを当てた銀行員ケリーは、憧れのヨーロッパ旅行へ。資産家と誤解されて招かれたウィーンのパーティで、プレイボーイの公爵に出会い…。

〈富豪一族の肖像：サファイア編 Ⅰ〉

御曹子のフィアンセ

バーバラ・ボズウェル / 横田　緑 訳

結婚したい男性トップ10に選ばれたマイケル。騒ぎを静めるため、秘書ジュリアに偽の婚約者役を命じるが…。大好評のダイヤモンド編に次ぐ続編がスタート！

〈富豪一族の肖像：サファイア編 Ⅱ〉

熱く危険な恋人

リンダ・ターナー / 原　たまき 訳

名門フォーチュン家の娘ロッキーは、なぜか彼女にだけ冷たくて傲慢なドクターのルークに反感を抱く。だが、ある極限状況に陥ったとき、彼と一夜を共にして…。

〈富豪一族の肖像：サファイア編 Ⅲ〉

せつない誓い

アーリーン・ジェイムズ / 新号友子 訳

天涯孤独のローラは住み込みの子守りとして富豪一族のアダムに雇われ、家族の一員になれたような幸せを味わう。だが彼女には、やがて去らねばならない事情が…。

ハーレクイン文庫

ヒストリカル—歴史物

愛の円舞曲

ステファニー・ローレンス / 吉田和代 訳

“愛のある結婚”を望むレディと魅力的な放蕩者。華やかな恋の駆け引きが繰り広げられる、人気沸騰のヒストリカル作家によるリージェンシー・ロマンス。

灰色の伯爵

パトリシア・F・ローエル / 遠坂恵子 訳

困窮するキャサリンに、冷淡で有名な伯爵が結婚という救済の手を差し伸べた。感情を表に出さない彼の意図がわからないまま、彼女は受け入れるが…。

美女と悪魔

デボラ・ヘイル / 吉田和代 訳

19世紀初頭の英国。戦争で身も心も傷つき、隠遁生活を送るダヴェントリ男爵は、余命いくばくもない祖父のためにやむなく、隣人の娘アンジェラに求婚することに。

公爵と乙女の秘密

デボラ・シモンズ / 岡 聖子 訳

訳あって少年の扮装で船に潜り込んだ貴族令嬢キャット。船長ランサムに惹かれるが、すべてを打ち明けられぬまま別れを迎えた。だがのちに、思わぬ形で彼と再会し…。

サタンの花嫁

アン・ヘリス / 愛甲 玲 訳

質素に暮らすアネリスの新しい後見人は、美しく悪名高き侯爵ジャスティンだった。彼のもとレディへ変身した彼女だが、親代わりの彼への恋が報われるはずもなく…。